KB260852

참대밭 시마당

국립중앙도서관 출판시도서목록(CIP)

참대밭 시마당. 제1집 / 지은이 : 류재덕 외. -- 서울 : 한누리미디어, 2013
    p. ;   cm

ISBN 978-89-7969-455-0 03810 : ₩12000

한국 현대시 [韓國 現代詩]

811.7-KDC5
895.715-DDC21   CIP2013011748

참대밭 시마당

2013 · 제1집 · 죽전시문학회 편

한누리미디어

또 다른 세상을 향하여

시는 누구나 쓸 수 있다. 과감한 도전을 시도한 죽전시문학회는 2012년 초에 10여 명의 회원으로 본격적인 창작 활동을 시작하였다.

"또 다른 세상을 향하여" 함께한 회원들은 의욕이 앞서다 보니 어려움도 있고, 미처 능력이 따르질 못한 때도 있었으나, 그 때마다 좌절하지 않고 매주 시를 한 편씩 써서 시에 대한 창작 열의를 불태우는 한편, 좋은 시 읽기, 문학관 견학 등으로 조금씩 실력을 쌓아 갔다.

매주 2시간씩 하는 수업은 창작 이론, 낭송과 토론 등으로 시간이 부족하여, 집에까지 과제를 안고 가는 열정을 보였다.

작년에는 "시가 있는 마을 낭만으로 물들다" 가을밤 음악과 함께 죽전도서관 시청각실에서 시낭송회를 개최하여 지역 주민들의 정서 함양은 물론 지역 문화 발전에 조금이나마 기여한 바 있고, 금년 5월에는 한강변 귀여리에서 철쭉꽃 시낭송회도 열었었다. 이 모두가 회원 여러분의 끊임없는 협조에 따른 것으로 이 자리를 빌어 감사드린다.

우리 죽전시문학회 회원은 30대에서 60대에 이르는 연령대와 기업체, 공무원, 은행원, 예비역 군인, 교직원, 가정주부 등 다양

한 계층이 모여 각기 다른 목소리로 작품을 쓰고 있어 회원들의 작품성 제고에 도움이 되고, 짧은 기간이었지만 5명의 등단시인을 배출하는 등 기대 이상의 성과가 있었다고 본다.

특히 금년에는 용인문화재단의 우리 동네 예술프로젝트 사업의 일환으로 협력단체인 용인문협과 공동으로 동인지를 발행하게 되었다.

책이 나오기까지 도와주신 한국외국어대학교에서 강의하며 국제뇌교육대하원 구학과 석좌교수이신 홍윤기 박사님, 지도해 주신 김태호 선생님, 용인문협 함동수 지부장님과 회원님들, 창작활동의 장소를 제공하여 주신 죽전도서관 관계자분과 그 외 모든 분들께 진심으로 감사드립니다.

《참대밭 시마당》 동인지 발간을 다 함께 기뻐하며 2집 발간 때는 더욱 알차고 좋은 작품이 되도록 노력하겠습니다.

감사합니다.

2013. 7. 25

죽전시문학회 회장 **류 재 덕**

홍윤기

산(山)을 보면

산을 보면
큰 뼈대가 꿈틀대는 것을 굵직하게 볼 수 있다
묵직한 생각이 깊게 괸 저 골짜기
거기다 파묻어온 우리 백성들의 우렁한 목소리가
금시라도 쩌렁쩌렁 울려올 것 같다

기나긴 역사의 한(恨)이 서린 저 산맥을 타고
솟구치는 것은 무엇인가
아직도 머리를 숙인 채 묵묵히
고개를 넘고 또 넘어오는
저 군중들의 기이다란 행렬이 보이는가

아, 산을 보면 저절로 눈물이 난다
염통이 우직끈거리는 분노의 커다란 불덩어리가
분명 저 속에서 이글거리고 있을 것 같다
산을 보면.

김태호

초록터널 지나며

물결치는 푸르름에
스쳐나는 바람
마주치는 눈빛에
어질머릴 않는다

앞 뒤 돌아봐도
초록의 둘레
어기찬 대지의 숨결
살빛으로 등등하다

새어드는 햇살
향기로운 내음에
가던 길을 멈추고
휘파람 소리 듣는다

천천히 천천히
꽃이 아닌 그 무엇
무리진 잎새
바다 속에 잠긴다

차례

발간사/ 또 다른 세상을 향하여 · 류재덕 _ 8
초대시/ 산을 보면 · 홍윤기 _ 10
　　　　초록터널 지나며 · 김태호 _ 11

동인시마당

류재덕
걸음을 멈춘 채로 ⋯ 18
다시 볼 수 있다면 ⋯ 20
두 바퀴 즐거움 ⋯ 22
꽃보다 고운 영혼 ⋯ 24
손녀 인서는 ⋯ 26
작은 위로 ⋯ 27
독도는 말한다 ⋯ 28

문현실
난 누구였을까 ⋯ 30
바람의 전언 ⋯ 32
불면 ⋯ 33
간판쟁이 ⋯ 34
액자 앞에 멈춰서다 ⋯ 36
한 줌의 노래 ⋯ 38

박동석
말짓 ⋯ 40
고요 ⋯ 42
탄천 풍경 ⋯ 43

물총새 ⋯ 44
박꽃 ⋯ 45
먼저 간 친구 C에게 ⋯ 46
기도 ⋯ 48

박춘추
매미 ⋯ 50
개구락지 ⋯ 52
골뱅이무침 ⋯ 54
먼 날 지나고 보면 ⋯ 55
빈 의자 ⋯ 56
번지점프 ⋯ 58
내려놓기 ⋯ 60

변복남
목도리를 뜨면서 ⋯ 61
초겨울 나의 아침 ⋯ 62
늦가을 나무를 보며 ⋯ 63
아버지 ⋯ 64
외상수첩 ⋯ 65
꽃봉오리 ⋯ 66
주객전도 ⋯ 67

손선희

그대에게 … 68
비 오는 날의 단상 … 70
오일장 … 71
방심은 금물 … 72
모성 … 74
봄비 … 75
113 계단 … 76

유성준

雪蓮花 … 78
歲月의 江 … 80
淸溪山 친구들 … 82
추수 … 84
꿈 … 85
珍島 … 86
당신 … 88

이경숙

봄날 해질 무렵 … 90
감기 … 92
산길 … 93
그런 것 … 94
요가수련 … 96
흐름 위에 놓여 … 98
학교 이야기 … 100

이병구

압곡천 여름휴가 … 102
할머니 꿀자장가 … 104
송화 … 105
흔적 … 106
오월 강변 … 108
백일홍 꽃밭 … 109
이른 봄 … 110

이영순

고향길 … 112
어머니의 계절 … 114
내 마음의 지우개 … 115
해바라기 웃음 … 116

차례

임기선

우리의 존재 가치 … 117
나물 캐는 여인 … 118
농부 아내 된 벗에게 … 120
새 소리로 여는 아침 … 122
어머니 … 124
오늘도 푸른 하늘 … 126
개나리 … 128

임한수

선인의 권학 … 129
술을 기다리며 … 130
오래된 친구 … 131
열려 있는 마음 … 132

조용희

우리 집이 좋다 … 133
벚꽃나무 옆에서 … 134
평창강의 아침 … 136
키 큰 나무 … 137
하루살이 … 138
탄천을 바라보며 … 139

최영희

검은 바람 하얀 목련 … 140
텔레비젼아 어데로 가는가 … 141
이사 … 142
고향 칼국수 … 143
아리랑 서커스 … 144
그 해 겨울 연탄불 … 145
빨강꽃 … 146

표석화

카네이션 미장원 … 147
나이 들어 글쓰기 … 148
밤 11시 … 149
이사하기 … 150
도화동집 추억 … 152
새내기 교사의 추억 … 154
용인 5일장 … 156

용인문인협회 편

함동수
백령도 … 160
구옥을 헐다 … 162

이원복
빛 그리고 유(you) … 165
감춘 피 울음은 … 166

정영자
못 박는 아이 … 168
노인이 키운 벌레 … 169

이정희
춤추는 봇짐 … 170
벚꽃삼매 … 171

김안나
반쪽 … 172
꽃이 사라진 자리 … 173

김옥남
… 해 볼 일이다 … 174
약속 … 176

류미월
그 섬에 가면 … 177
그늘 … 178

이희숙
중랑천의 억새밭 … 179
개망초 … 180

조갑조
풍경소리 … 181
청산도에서 … 182

허영수
일본의 양심 … 183

이미숙
치부책의 행방 … 188
혼자 밥 먹기 … 190

이윤경
일단 튀어! … 192

편집후기 · 195

동인시마당

류재덕 · 문현실 · 박동석 · 박춘추
변복남 · 손선희 · 유성준 · 이경숙
이병구 · 이영순 · 임기선 · 임한수
조용희 · 최영희 · 표석화

류재덕 _『한국현대시문학』 등단. 한국현대시문학연구소 이사. 죽전시문학회
회장, 용인문인협회, 한국가톨릭문인회, 한국문화예술봉사단. 천주
교수원교구「가톨릭신문」명예기자. 경기승마협회 홍보이사.

걸음을 멈춘 채로 외6편

문득 생각나는 사람이 있어요
누군가가 그리워
멍해질 때가 있다네

봄바람 옷깃 스치며
그대 향기 새싹처럼 솟아나고

출렁이는 파도소리
벗어던지고 달려올 것만 같아
그리움은 검붉게 타들어 가는데

누렇게 물든 들판
허수아비 손짓하고

흰 눈꽃송이 아련한 마음도
허전함을 채워주질 못해

강물처럼 흐르는 세월
가끔 생각나는 그 사람

어디서 어떻게 살고 있는지
걸음을 멈춘 채로 생각에 잠긴다네

다시 볼 수 있다면

너는 갔구나
꽃 피고
바람 부는 날

활기찬 생명의 싹 움틀 때
너는
떠나갔구나

간다는 것은
떠난다는 말
만날 수도 볼 수도 없는 곳으로

돌아올 약속 없이
훌훌 떠남은
어인 일인가

기다리면 오는가고
기다려 보지만
눈물은 마르고

새잎 돋는 따스한 봄날
그린 듯이
먼 발치로 오시려는가

그대여

두 바퀴 즐거움

바람을 가르며
앞으로 내닫는다

강가의 가로수를 스치며
힘차게 페달을 밟는다

오르막에선
뒷꽁무니를 살짝 들어 올리고

산모퉁이 돌아 내리막에선
한 숨 쉬어 간다

오르막이 있으면
내리막이 있어 좋다

인천 아랏빛 섬에서
서울 거쳐
부산 을숙도까지 칠백여 킬로

한강 낙동강을 잇는 문경새재
옛 철교 위를 달리며
터널을 빠져 나가는 즐거움까지

화창한 봄기운에 가슴을 열고
흘러가는 세월 거꾸로 살고 싶다

꽃보다 고운 영혼

봄 알리는 바람꽃
개나리 진달래보다
먼저 알리고 싶은 게지

봄이 되면 다짐해 보네
말보다 행동으로
마주보기 하루 세 번

아내 바가지 긁어도
밤 늦게 자식 발자국 소리 들려도
손주 녀석 칭얼대도

너의 외로움을 달랠
또 다른 존재
오직 내가 있다는 것을

사랑해
목에 힘 빼지만
쑥스러워지네

꽃보다 고운 사랑을 심어준
너의 맑은 영혼

내일은
뜨거운 사랑에 빠져 보려네
더 큰 사랑을 담아

손녀 인서는

나무는 서 있는 거야
움직이면 죽는 거래
잠은 언제 자나
잎이 떨어져서 춥고 아프겠다

현수막이 걸쳐 있는 것을 보고는
이불을 덮고 있어 나무가 추운가 봐
손 꼭 잡고 있네

회양목을 보면서도
작은 나무는 잎이 안 떨어지나 봐
언제 떨어지는 거야

생기 돋는 봄이 와
잎이 무성해지면
작은 나무는 쉬어야 해

푸른 하늘 뭉게구름 피어날 때
유치원 갈 꿈을 꾸고
씩씩하게 뛰어놀 테지

작은 위로

삶이 지치고 힘들 때
내 옆에서 늘 위로하는
당신 말 한 마디

그 한 마디에
용기를 얻고 다시 일어섭니다

묵묵히 나를 뒤에서 지켜보며
끌어안아 주는
당신이 있기에
나에겐 힘이 솟지요

언제나 변함없이
희망 주는
그 작은 미소

당신의 그 미소가
그렇게도
내 마음 기쁘게 해 줍니다

독도는 말한다

수만 년 전 동해바다 깊은 곳
찬란한 아침 해 떠오를 때
붉은 피가 끓어올라
힘차게 솟아올랐지

불기둥에서 뚝 떨어진 동, 서도
작은 불덩이는 수 십 개 바위섬 거느리고
모진 비바람에도 자랑스럽게 버텨왔구나
스스로 달래며 목울음 삭히지만
거친 파도 갈매기떼
독도는 한국땅이라고 소리 높여 외치네

경북 울릉군 울릉읍 독도리 산1-37
신라 지증왕 13년 우산국으로 한 가족
일제 36년의 어둠을 지나
핍박 받은 괴로움 어찌 다 말하리

나의 응어리진 가슴 풀어다오
검푸른 파도야 갈매기들아

어서 가서 전하거라
우리나라 앞바다에 있는 보배로운 섬들

동해 독도
남해 이어도
서해 연평도
우리 삼형제
더 이상 괴롭히지 마라

대한민국 품안에 있는 영원한 고향이거니

문현실 _ 죽전시문학회 회원

난 누구였을까 외5편

시를 쓰다 다시
울고 말았다

버릴 수 없는 아버지와
바보가 된 육신을 꾸려가는 어머니

남은 사랑과
남이 된 사랑

파르르 숨 떨었던 이유와
나를 절망했던 젊음
삶을 일으킨 보람

긴 꿈
긴 잠

그리고 무수히 많은 나를 생각했다

의심 없이 기대 웃던 평화는
잠시 그런 얼굴로 스민 먹구름이었을까
오래도록 숨겨둔
눈물이었을까

시를 쓰며
술에 취한 듯
태양을 마주한 해바라기 꽃대 아래
나는
너무 많이 울고 있는 사람이었다

바람의 전언

바람에 나부끼고 싶다
바람에 흩날리고 싶다
바람이 몰고 온 먼지를 입고
그대 곁에 주저 없이 내려앉고 싶다

나를 보지 못하는 네 눈 앞에서
목청껏 들리지 않는 노래를 하고
메아리도 없는 노래를 하고
언덕을 휘감는 바람이 되지

바람 떠밀린 자리에 길은 없다
모든 게 길 같은 길이었다고
바람은 말을 하지
바람이 말을 걸지

불면

어둠 속에 눈을 감는다
감을수록 어지러운 네 숨결

너의 어깨가 내 코끝 스칠 때
나는 너를 흠뻑 들이키고
나를 알아버린 네 눈빛
내 눈 속에 주워 담고

까만 밤을 길게 날아
네 옆에 누웠다

관자놀이 떠는 맥박 따라
붉어지는 입술
너의 볼에 덧댄 두 뺨이 뒷걸음치며
쉴새 없이 네게로 흐른다

눈을 감은 채 너를 두른 긴 밤
너는 나의 긴 목도리

간판쟁이

간판쟁이는
간판쟁이로
너무 오래 매달려 있었다

관객 없이 연극을 하고
눈물 없이 울고
눈물처럼 웃고
멈추어 춤추며
입술 없이 키스했다

손 내밀어 잡으면
잡힐 것 같았거든
마음만 먹으면
멈출 줄 알았거든

물감 떨구는 곳이
여배우의 입술자락인지
휘어진 허리쯤인지
한참을 모르다

간판이 걸리고 나서야
허공에 구애한 사랑애긴 줄 알았음에

액자 앞에 멈춰서다

눈 속에 넣어둔 사진을 챙기다 멈춘다
그이를 들이다 다시 밀어낸다
남아 있는 것들을 계량하고
남은 것 중 줄 수 있는 것을 계량하고
더 주어야 할 것들을 계량하고
탈색된 머리칼과 착색된 피부를 액자에서 떼어내고
목소리를 지우고
균형 잃은 발자국을 지우고
발자국을 내었던 신발 위의 얼룩들을 지우고
장마철 양푼 위의 누런 물빛도 지우고
그이를 묵히던 고독과
희미해진 미소도 자꾸자꾸 지워내고 있었다
무거운 액자는 죄 떼어내고 있었다

가을날의 푸른 하늘이 겨울을 깔고 깊이깊이 선명했다

따르릉…
수화기 너머로 전하는 어눌한 들뜬 목소리
'내 새끼, 밥 잘 챙겨 먹고 길 걷다가 니가 보고 지퍼서 전

화해 봐았다'
'네에—아, 날씨가…'

천천히 전화를 끊고
허공에도 바닥에도 두지 못하는 붙박힌 시선
갑자기 양철 지붕 내리찍는 소나기가 되어 섰다

끝없이 뜨거운 소나기
하염없이 흔들리는 소나기 뒤의 얼굴들

한 줌의 노래

너는 뗏목을 타는 남자
나는 뗏목 위에서 노래를 짓네
네 시선은 위태로운 강을 거스르는 노 끝에 있고
뗏목 위의 노래는 한참 먼 하늘을 메운다

어디로 가는 거지요?
네가 찾는 곳은 강 머리 어딘가의 말간 물이라지만
힘겨운 노는 물살에 밀려
나의 노래는 강을 거스를 수가 없네

하늘에 걸어둔 시선을 돌려 너와 함께 노래를 짓고
혹여
사공의 눈길이 노래를 비끼어도
이 불공평한 도하에
부질없는 노래를 보내어도 될 텐데

어쩌면 나를 닮은 노래들
강 아래 무수한 돌멩이를 쌓고
나의 노래도 은둔의 돌멩이 하나쯤 되어

바닥을 짓고 있겠지

오, 아직도
한 줄 노래 끝에 희망의 노를 달아
말간 물 따윈 궁금해지지도 않는
초록의 들판
그 들판에서
너와 끝없는 달음질할 수 있을까

하지만 지금 홀로 너는 흐르는 물 위에
나는 뒤돌아 앉아 작은 노래를 짓는
한 줌의 씨앗
한 줌의 노래

박동석 _청주 출생. 『한국현대시문학』 등단. 죽전시문학회 회원. 용인문협 회원.

말짓 외6편

시는 말
말은 시
말을 글로 쓰면 시
시를 짓는 것은
말짓기하는 거다

갓 깨어난 노란 병아리
'귀여워라'
푸른 바다 적시며
솟아오르는 붉은 해
'오! 아름다워'
감동을 시로 쓰고…

노래는 소리짓
그림 그리는 이 붓질하고
춤추는 소녀 예쁘게 몸짓하듯

어린 아가
엄마와 나누는 옹아리
연인들 속삭이는 사랑의 말도

고르고 다듬어
쓰면
고운 시가 되어 향기 퍼져 나리니…

고요

고즈넉한 산사에
안개비 내립니다

사람들 아니 오고
經소리도 없습니다

처마 아래 고인 물에
동그라미 그려지고

연잎에 내린 비는
구슬을 만듭니다

매달린 木魚
구름 따라 헤엄치고

마당가 수선화
수줍게 꽃 피울 제

마루 위 아기스님
졸—고 있습니다.

탄천 풍경

어스름 노을빛이
언덕길 물들이면
철 따라 피는 꽃들
고갯짓 살랑이고
서늘한 저녁 바람
탄천으로 나오라네

흐르는 시냇물은
비단을 펼치는 듯
무리진 잉어들이
불빛 따라 일렁이고
이삭 팬 갈대숲에
오리 떼가 자리잡네

혼자서 두셋이서
걷는 이 뛰는 사람
가슴에 담긴 얘기
귀엣말 나누면서
손잡는 연인 모습
그림자도 다정하네.

물총새

'첨벙'
흐르는 물에
자맥질하는
진보라 물총새
동그라미
하얀 거품
긴 부리에 송사리 물고
노란 입 벌리고
어미 기다리는
둥지로 날아가 버리면
앉았던 버들가지
파르르 떨다 말고…
친구 잃은 송사리들
그냥 헤엄치는데

개울물은 무심히 흘러
목숨 하나 사라진 슬픔
아무 일도 아닌 듯…
물총새 날아간 자리.

박꽃

이슥한 초가을 밤
구름 사이 달빛 드니
초가집 둥근 지붕
하얀 박꽃 피어있네
지아비 여의고선
素服한 여인 같아

먼저 간 그이에게
그리움과 외로움
닝쿨로 이어매어
크는 박에 고이 담고
귀뚜라미 우는 소리
긴 밤을 지새이네

이 가을 다 지나면
지붕 위 저 박 속엔
그 많은 사연들이
씨가 되어 들었으리
지는 달 바래인 꽃
밤안개 살포시 감싸주네.

먼저 간 친구 C에게

친구여,
그대 먼저 갔는가
잡은 손은 놓았는가
어깨 위는 비웠는가

햇볕 쨍쨍 여름 날
학교에서 돌아올 때
너 횟배앓이
흙먼지 쌓인 길에 앉아 울곤 했지
책보자기 둘러메고 신발 들고
업기에는 힘이 달려
발을 동동 굴러댔지

너 세상 돌아다닐 무렵
나와 길이 달라
함께는 못 했지만
바람이 너의 소식 들려주었지

네 웃는 얼굴 앞에

너의 딸 서럽게 우는구나

나, 하얀 국화 한 송이
그대에게 바치노니
가는 길 굽이마다
꽃잎 떨어뜨려 놓게나
뒤따르는 친구들,
보고 찾아 가리니.

기도

뒤란 감나무 가지에
새벽달 걸리고
닭장 안 어린 수탉 깨어 울면
어머니는 졸린 눈 비비며
옷고름 고쳐 매고
쪽진 머리에 물동이 이고
텅 빈 샘터에 내려선다
밤새 내린 하얀 서리
차가워 시린 물
한 대접
장독에
얹어 바쳐
빌고
빈다
나의 태를 달고
세상 밖으로 나온
그 아이들
바르라고
바르게 되라고

손 모아
엎드린 허리위에
푸르른 새벽달
하늘 저 만치서 비추인다.

박춘추 _ 국립철도고등학교 졸업. 육군대령 예편. 『한국현대시문학』 신인상 등단. 죽전시문학회 회원. 용인문협 회원.

매미 외6편

'맴맴메엠— 쓰르람—'
'맴맴메엠— 쓰르람—'
'나 좀 살려 주세요'
'나 좀 살려 주세요'

무더운 여름 시골 작은 골짜기
번갈아 외쳐대는 저 소리
텃밭 일손 멈추고 땀 훔치며 생각에 잠긴다

호두나무 위에서 울어대는 매미 울음소리
구십고개 치매로 고생하는 이웃집 노인네의 외마디

오랜 시간 땅속에 있다 세상에 나와
화려한 날개옷 바꿔 입은 빛나는 외출,
젊음을 등진 저 노인에게도 꿈과 야망이 있었겠지

투명하고 가냘픈 날개 부르르 떨며 울어대는 매미
하이얀 모시옷 입고 누군가를 부르는 애절함
누구 없어요? 내 소리 좀 들어 보세요
지금 놓치면 다시는 들을 수 없어요

매미 울음소리 끝나는 날
노인네의 간절함도 떠나가리니
매미야, 겨울을 나고 내년에 또 와 주렴
널 따라 위로받는 저 노인네를 위해

개구락지

동네 개구쟁이들 개울가에 옹기종기
기다랗게 영글은 피를 꺾어
잎 따고 곁가지 치고
끄트머리 흔들어 개구리를 낚네

눈 앞에 아른아른
폴짝 뛰어 물때 잽싸게 낚아채
빙그르 돌면서 하늘 높이 올렸다가
냅다 땅바닥에 내동댕이치면
네 다리 쭉 뻗고 바들바들 떠네
곧바로 정신을 차렸는지
펄쩍 뛰며 도망가는 모습에
동네 꼬마들 까르르…

살이 통통한 뒷다리
싸리가지 꺾어 불살라 구우면
고소한 냄새 입맛 다시고
그 맛 또한 일품이지

오곡 익는 가을에
개구리도 살이 통통
배만 볼록 튀어나온 동네 꼬마 몸보신
재미있는 장난질에
개구락지 까무라치네
깨구락지 죽네

골뱅이무침

더위에 지쳐 시원한 생맥주 한 잔
골뱅이 안주 시켜 덩그러니 앉는다

매콤 새콤한 맛에 군침 감돌고
젓가락으로 술래잡기한다

고추장, 식초, 소금과 설탕 양념장
오이, 당근, 양파, 파프리카에 양배추 잘게 썰어 버무리고
삶은 소면 찬물에 씻어 곁들인다

잘 양념된 채소와 면발에
주인공인 골뱅이는 온데간데없이
젓가락만 휘젓는다

휘둘리는 세상
차라리 똑똑한 오징어 한 마리 시킬 것을

너를 찾아 헤매다
하릴없이
생맥주만 뜨뜻해졌네

먼 날 지나고 보면

머언 날 지나고 보면
오늘이 그리울 거야
가장 힘들고, 가장 행복한 날일 거야

숨이 멈출 것 같은 괴로움
좋아 어쩔 줄 모르던 희열
죽을 것만 같고
세상이 뒤집히고 미쳐 버릴 것만 같던
생각조차 싫은 지난날의 일들이 있었지만
우린 모두 오늘을 살고 있잖아

삶이란 알 수 없는 것
그 매력 때문에 살아가고 있지만
행복만은 아닌 것 같아

그러나
남아있는 먼 훗날도
또 그렇게 살아가지 않을까

빈 의자

저기
비어 있는 의자 하나 있습니다
늘 누군가를 기다리는 망부석
오늘도 홀로 외롭게

멀리서 보면 텅 비어
누군가를 기다리지만
다가서면 거부하는 몸짓

임자 없는 의자
처음부터 아무것도 몰랐기를
기대하면 너무 잔인할까

아무 일 없던 것처럼
그냥 못 이기는 척
그냥 모르는 척 받아주면 될 텐데
아픈 상처 잊고 부드러운 마음으로

여기

비어 있는 의자 하나 있습니다
비바람 견뎌온 쓰러질 듯 흔들거리는 의자
그러나
사랑의 손길로 재활할 수 있는 빈 의자 하나

번지점프

저 높은 곳을 향하여
이상과 허상 사이를 넘나들며
위로—위로—
세상이 눈 아래 펼쳐지니
모든 것이 나의 것

두 발이 부들부들 심장은 쿵쿵
지은 죄 잠시 잊고 눈을 감는다

월계관 욕심 버리지 못해
두 눈 질끈 감고 뛰어보지만
순간의 즐거움 느끼기도 전에
그만 거꾸로 매달렸네
대롱대롱 허우적허우적

홀로 서지도 못해
조교의 도움으로 가까스로 일어나니
천만 다행이네
황천길 옆에 두고 가지는 않았으니

사람의 욕심 야망 끝이 없지
벗겨지기 전에 스스로 알 텐데
번지점프장 광화문에 매달아
욕심 가진 이 한 번쯤 태웠으면 좋으련만

내려놓기

내가 주인 삼은 모든 것
내가 사랑한 모든 것
욕심이었지

오늘을 살기 위한 위선보다
자연에 순응하는 솔직한 마음으로
이 세상 살아야지

어제
오늘 내일
오늘의 세상살이는
어제의 연속된 삶

어두운 밤
별 헤아리는 마음으로
바늘 없는 낚싯대 드리우고
고요히 바람에 번지는 물살같이

변복남 _ 죽전시문학회 회원

목도리를 뜨면서 외6편

포근한 털실
색이 예뻐 몇 개 샀다
목도리를 뜨겠다고 맘 먹으며
한 코 한 코 떠가면서
오직 그 사람만을 생각하면서
따뜻함을 엮어나간다

초겨울 나의 아침

이불 속에서 민기적민기적
눈이 떠지지 않는 아침
알람은 벌써 울려 지나가고

남편, 아이들 아침 걱정에
눈을 번쩍 뜬다

내가 조금 힘들어도
우리 식구들의 행복한 아침을 위해
맛있는 밥상을 준비한다

남편 회사 가고
딸들 학교 가고
아들 유치원 가고
텅 빈 집에 나 혼자다

출근길 허전한 마음
이웃사람들과의 아침 눈인사로 달랜다

일어나기 싫었으나
그래도 행복한 나의 초겨울 아침이다

늦가을 나무를 보며

나뭇가지가 선명해 보인다
가느다란 나뭇가지 끝에
맑은 하늘이,
구름 한 점 없는 맑은 하늘이
더욱 푸르러 보인다

나뭇잎이 떨어지고 남은 자리
무수한 나뭇잎이 사라져 버리고
대신 그 뿌리와 줄기는
높고 푸른 하늘 아래
묵묵히 서 있다

아름다운 풍경에 잠시 멈춰 선다
정신이 맑아지며…
지난날 스치고 간
나의 인연을 생각한다

행복했나. 추억의 잎새처럼
그들과의 기억을 되살리며
행복할 것이다. 굳세게 뻗어 있는 저 나무처럼

아버지

남편 출근 배웅하며
뒷모습 바라보다
닳아진 구두굽에 눈길이 갔다.

문득 돌아가신 아버지가 생각난다.

한 켤레 구두만을 고집하셨던 아버지.
삶이 버거울 때 소주 한잔에
고단했던 삶을 비우시던 아버지.
"한 끼 안 먹으면 평생 그 한 끼 못 챙겨먹는다" 며
끼니를 당부하신 아버지.
어린 시절이 싫다고 하시면서도
몹시도 그리워하시던 아버지.

맏딸인 나는
언제부턴가 아버지의 삶에 눈뜨게 되었다.

지금, 그 때의 아버지가 그립기도 하고….

외상수첩

어릴 적 조그마한 수첩 하나 있었다.
엄마는 그것을 가지고 가게에 가서
필요한 물건을 사 오곤 했지.
요술수첩으로 믿고 몰래 가져다 쓰던
철이 들어서야, 그 수첩의 정체를 알았다.
아무것도 모른 채 외상수첩을 믿었던
그때가 그립다!

꽃봉오리

뒷산에 봄이 온다.
진달래, 제비꽃, 민들레
모두 꽃봉오리인 채로

각양각색의 꽃들을 바라보며
눈에도
입가에도
마음에도
물동그라미가 그려진다.

날마다 풀어놓는 삶 속에
피어나는 꽃봉오리를 보며
작은 여유와 행복을 느낀다.

주객전도

꽃집에서는
꽃보다 꽃을 감싼 포장이,
모터쇼에서는
자동차보다 레이싱-걸이,
주연보다 조연이 빛날 때가 있다.

내 삶에도
모르는 너를 찾아
시보다 시낭송이…
주객전도가 아닐는지.

손선희 _청주교육대학교 졸업. 초등교사 역임. 죽전시문학회 회원.

그대에게 외6편

볼에 닿는 공기가 차곰차곰 신선하고
비온 뒤의 산바람은 청량하기 이를 데 없네요

풀잎 위의 이슬은 또르또르 줄타기하고
다람쥐 두 마리 개구진 장난이 한창이어요

서로 보아달라고
새싹 움트는 소린 차라리
보이지 않는 아우성

새들은 저마다 존재를 노래하고
나무 쪼는 딱따구리
따르르르 전동모터 달았나 봐요

내 이제토록
잣나무 아래에서 솔향기를 맡으려는

문외한으로
창조주의 그 무한한 섭리를 헤아릴 수 없지만

오늘 건강한 이 아침의 감사함을
당신께 꼭 전하고 싶네요

사랑해요 아주 많이요~~

비 오는 날의 단상

30층에서 내려다보는
비 오는 날의 풍경이
조용하다 못해 엄숙하다

대지는 빗줄기 앞에
순종의 미덕일까
고스란히 겸손의 자세다

백두대간 선자령 돌표지석도
온몸으로 이 비를 맞고 있겠지

청계 기슭 패랭이꽃
꺾어질 듯 가는 허리 부여잡고
신음하고 있을까

물기 머금은 유리창 너머로
오버랩되어 나타났다 사라지는
그리운 얼굴 하나

오일장

－모란장에서

주변 거리가 새까맣다
냄새도 새까맣다
창살 속에 갇힌 개의 털빛이 새까맣다
까만 개의 눈동자도 새까맣다

창살 옆 좌판 살코기가 빨갛다
고기 파는 아줌마 앞치마에 말라붙은 핏물이 빨갛고
오동통 살이 쪄 손등이 소복한 아줌마
열 손톱의 매니큐어 색깔이 빨갛다

그러나 그중에서도
좌판의 고기를 바라보는
까만 개의 까만 눈동자에 서린 핏발이 제일로 빨갛다

방심은 금물

살얼음 둥둥 떠 있는 차가운 물속에
가느란 두 발 담그고
홀로 서 있는 백로 한 마리

미동도 없이 서 있는 저 새
눈을 감고 자고 있는가
아니면 기도중인가

순간

박차고 날아오르는가 싶더니
수직으로 내려꽂은 부리에는
파닥거리는 물고기 한 마리 물려 있었다

평온한 듯
고요한 듯

새는 물고기를 속였고
물고기는 속았다

에궁~~ 물고기야
세상 참 무섭지?

방심은 금물이란다

모성

어느 고즈넉한 산골
길가에 나온 솜털 보송 아기 다람쥐
혼자인가 했더니
바람만 바람만 뒤따르는 어미가 있네요

아기 다람쥐 또르르 뛰다 멈추면
어미 다람쥐 쪼르르 따르다 멈추고
엄마와 아기는
나들이 연습에 신이 났어요

눈 앞에 나타난 낭떠러지 난간에서
멈칫멈칫 두려운 아기를 보고
쪼르르 달려온 어미의 눈빛
"아가야 내가 내려줄게"
아기의 목덜미를 살포시 물어
사뿐~~ 내려주네요

나들이 연습은 이제 끝나고
둘이는 또르 쪼르 사라졌어요
뒤켠 숲속으로 사라졌어요

봄비

봄비치곤 제법 온다

좀상좀상 자잘한 쑥이 쑥쑥 크겠다
텃밭의 채소들이 두 팔 벌려 오소서 오소서
간지러운 민낯 퍼래지고

앞뜰에 놓아둔 소나무 분재
뻐끔뻐끔 물마시고 기운 펄펄 나겠네
더덕더덕 찌뿌둥한 들풀들
목욕 한 번 제대로 시원도 하시리

천안삼거리 능수야 버들은
나풀나풀 춤판 한 번 벌이겠지
개울 속의 피라미
동그라미 따라 어지럽게 맴돌면

벚꽃잎 서둘러
내년을 기약하자 바이바이하겠네

113 계단

벌어진 계단 틈 사이로 키 자랑에 신이 난 잡초 앞에서
다람쥐 숨바꼭질 한창인 아카시아 꽃그늘 아래서

할 말이 너무 많아 차라리 입을 다문 너와 나
그리움만 하나 가득 할 말을 잃었구나

재잘재잘 꿈을 키우던 운동장 벤취에서
낙엽만 굴러도 웃음보를 터뜨리던 그 때 그 시절
지금은 흔적조차 찾을 수 없는
추억 속의 교정이 새삼 그립다

지대 높은 곳에 여학교가 있어 지역발전이 안 된다는
소리 들리더니
지금은 그 자리에 군청 건물이 자리잡고 앉았구나

가슴 설레도록 아름다운 자태로 화단 가득 피었던 흑장미
뽀얀 살결에 코가 높던 영어선생님
우리 모두의 가슴을 설레게 했던 총각 물리선생님
지금은 어디서 삶의 향기 뿜어내고 계실까

옛날이 그립듯
총총걸음으로 오르내리던
113 계단도
하얀 교복의 우리들을 그리워하고 있으려나

주) 113계단 : 충북 영동여자중 · 고등학교 정문으로 오르는 계단.

유성준 _ 충남 연기(현 세종시) 출생. 고려대학교 경영학과 졸업. 『한국현대시
문학』 등단. 대한선주(주) 홍콩법인 대표. 죽전1동 주민자치위원장.

雪蓮花 외6편

알아주는 이 없고
내 이름 몰라줘도
나는 봄이 오기 전
눈 덮인 산비탈에
홀로 피렵니다

산수유 매화꽃에
첫사랑 빼앗겨도
그대 보고 싶어
연꽃처럼 피우리라

봄이 오면
님은
날 보러 여기 오리니

그대 올 때까지

나는 봄소식 전하며
기다리리라

*설련화는 복수초, 얼음꽃이라고도 불리운다.
유래는 일본의 안개성에 아름다운 여신 구노의 아버지가 구노를 토룡의 신에
게 시집보내려 하자 구노는 자취를 감추었고, 화가 난 아버지는 찾아 헤매다
딸을 찾아 풀로 만들었는데 다음에 보니 딸같이 아름다운 노란꽃 '설련화' 로
변했다는 전설에서 유래.

歲月의 江

강물아, 강물아!
어디로 흘러가니
언제나 변함없이
도도히 흐르는 너

이 세상 모든 것
모두 다 끌어안고
무심히도 가는구나
이제 좀 천천히
쉬어 놀다 가자꾸나

한 번 흘러가면
돌아올 수 없는 길
저기, 저, 갈대숲에 맴돌며
송사리도 만져보고
잉어떼와 놀고 가렴

春, 夏, 秋, 冬 4계절이
언제나 錦繡江山

천당인들
이보다 더 좋을까
가는 세월 잡을 수만 있다면

淸溪山 친구들

매월 마지막 일요일
눈이 오나 비가 오나
삼복더위 찌는 날에도
가고 싶은 청계산

웃음으로 맞이하는
50년 우정의 친구들
얼굴엔 주름살 깊어도
마음은 옛날 그대롤세

커피 한 잔 마시며 인사 나누면
어느새 올 친구들 다 모이고
못나온 친구들 아쉬워
여기 저기 전화소리 울리네

능선 따라 올라가며
이 친구 저 친구와
얘기하기 바쁘고
정상에 올라

가져온 술과 안주 풀어놓고
여기 저기 술 권하며
웃음소리 시끌버끌

세상사 다 잊은 듯
즐거운 하루
박장대소 웃음소리
청계산이 울린다

추수

바람에 출렁이는
가을 들판 바라보며
흐뭇해 하시는 아버지

가뭄에 한숨 쉬고
장마에 논둑 걱정
그 마음 다 사라지고

마당에 쌓인 높은 볏단
풍성한 알곡
온 동네가 다 바쁘다

머리에 수건 두르고
탈곡기 윙윙소리
볏단 옮겨주던 아이들도
흥겨워서 싱글벙글

봄에서 가을까지
지극 정성 돌보던
농부의 걱정
오늘로 다 잊는다

꿈

어릴 때 꿈
구름이었나
세월의 강물에 흘러
어디로 갔나

학창 시절 청운의 꿈
커다란 포부 안고
어느새 50년 세월
뒤돌아보니 봄, 여름 지나 가을이네

희어진 머리, 주름진 얼굴
지나온 세월 보이네만
손주들 재롱 보는 행복함
이 또한 꿈이랄까

그 옛날의 꿈 생각하니
사라진 무지개 같네
옛날의 그 꿈은 아니지만
지금도 꿈이 있어
나의 인생을 가꾸고 싶네

珍島

그저 남쪽 섬인 줄만 알았는데
2박 3일 둘러본 진도는
진득한 바다냄새와
예혼(藝魂)이 뼛속까지 흠씬 스미고

뙤약볕에 들일 하다가도
덩실덩실 어깨춤 절로 나오고
남도 창(唱)을 뽑아내는 몸짓은
진도만의 자랑이라

예술에 대한 깊은 사랑
구성진 가락의 '진도 아리랑'
망자의 영혼을 위로하는 씻김굿
예술에 혼이 담겨
진도의 홍주에 취하도다

남농 선생 3대의 운림산방
신비의 바닷길
석양에 황홀하게 불타는 바다

진도의 면면을 담아 강렬하고
진도군민의 자랑스러운 예술혼
내 마음에 오래 남으리…

당신

48년 전 4월
광화문 금란다방
갓 대학입학한 당신 만나
신촌골, 안암골 캠퍼스
오가며 키워온 정

지나온 오랜 세월
행복했던 시간도
아쉬웠던 마음도
바람같이 지나갔네

무지개는 잡아주지 못했어도
사진첩에 살아온 역사 남기고
하얀 베레모에 고왔던 당신
무정한 세월 속에 잔주름 늘었지만
나름 즐거운 세상 살았구려

가장 미더운 사람
TV 보다 잠든 당신 모습

안쓰럽고 찡한 마음
연민의 情이련가!

남은 세월 덧없이 흘러도
당신 손 꼭 잡고
다정히 단풍길 걷고 싶소

이경숙 _경인교육대학교 졸업. 41년 교직 정년퇴임. 죽전시문학회 회원.

봄날 해질 무렵 외6편

봄날 해질 무렵 한강다리
주황색 걸린 해는
온 힘 다해
붉은 노을 내뿜고 있다

흔들흔들 회색빛 다리 그림자
소리 없는 강물 끌어안고
어스름 속으로 숨어버리네

조용히 강물은 흐르고
한가로이 오가는 유람선
봄나들이 아기 어르는 소리
세상 시름 다 잊으라는 소리

빨, 주, 노, 초.
엉킨 불빛은

강물 위에 긴 줄 그어놓고
휘적휘적 몸 흔들며 춤추고 있다

해가 지는 봄날은 아직도 먼지
금빛 강물은 쉼 없이 흐르고 있네

감기

펄펄 펄펄 열이 난다
머릿속을 휘젓고
온몸 돌아 돌아
두 눈 속에 모여 있는 뜨거운 열감

짐짓 내버려 둔 미열이
스멀스멀 기어올라
밭은 숨소리 단내를 풍기네

내 안에 개켜둔 소망 한 가닥
감기 되어 콜록콜록 말하고 있네
부서진 마음 조각
달그락 달그락
짝을 맞추고

밤 지나
바람 부는 창밖을 내려다보네
가만가만
내 안의 나를 들여다보네

힘겨우면 슬그머니 도망이라도 가라며

산길

마을 뒤 나지막한 산길이 좋아
바람 소리 곁하여 혼자 걷는다
능선 따라 먼 산 서 있는 나무
아침 안개바다에 둥둥 떠 있다

이른 새벽 비에 젖은 나뭇잎
폭신폭신 발걸음 가볍게 한다
진달래 꽃망울 터질 듯한데
봄을 여는 산길은 아직도 춥다

희미론 연둣빛 새싹
다박다박 박힌 가지에
꾹 – 꾸룩 꾹 – 꾸룩
산새가 운다

두 팔 벌려 하늘 향해 소리 지르며
온몸으로 산길 휘젓고 오다
나를 보고 헛기침하는 할아버지
웃음짓는 두 볼이 차고 말갛다.

그런 것

갓 피어도 좋고
아직 피어나지 못한 잎새도 아름다운,
그런 것

배냇짓 웃는 아기도 가슴 벅차고
소리쳐 우는 아이도
못내 사랑스러운,
그런 것

왜냐고 묻지 마소
개울물 소리 나뭇잎 부딪는 소리
들리는 대로 내버려 두소
그 소리가 나이고
네가 그 소리 하나 되는,
그런 것

날 좀 보소 말하지 마소
내 몸 안에 있는
가시 돋힌 상처도 나 인,

그런 것

돌아보고
침묵하며
마침내 내 안에 만나는 사랑,
그런 것

요가수련

들릴 듯 말 듯 음악 흐르고
가부좌 튼 무릎 위에 두 손 얹어
엄지검지 동그랗게 말아 올린다

지그시 감은 눈은 코끝에 두고
들숨과 날숨에 집중해 가니
잘도 쉬던 숨쉬기 새삼 힘들다

발바닥 용천을 두드리고 어루만지며
온몸 슬쩍슬쩍 기를 깨우고
머리 양팔 가슴 다리 마음 속까지
구석구석 내 몸뚱이 쓰다듬는다

메뚜기 자세로 힘껏 하늘 올려다보고
한 마리 고양이로 활처럼 등을 말고
높이 올린 두 다리 바들바들
엄마 뱃속 태아처럼 잔뜩 웅크렸다가
두 팔 벌려 누우면 온 세상이 다 열린다

안 들리던 노래 소리도 깨어나고
내 몸에 산들산들 바람이 분다

흐름 위에 놓여

비가 오네
아스팔트 위를 적시고
잘잘 잘잘 빗물이 흐르네
먼 곳 불빛에 온몸 반짝이며
밤을 흘려보내고 있네

밤새워 저곳을 흐르는 빗물은
흐르고 싶어서 흐르는가
길 위에 넘쳐나지 않아도
가만가만 낮은 곳으로 흘러가고 있네

서늘한 아침 안개 속으로 새벽바람 일고
말갛게 씻긴 아스팔트 길 위엔
동그란 민들레 홀씨
가벼움으로 흩어져 날아오르네

이룰 수 없는 사랑의 눈짓
자갈 자갈 소리 내는 몸짓도
무심히 바라보랴 흘려보내랴

어디
세상의 모든 것이
흐르고 싶어서 흐르던가

학교 이야기

오색 풍선 날리는 초등학교 운동장
콩콩 가슴 뛰는 아침
"우와, 빵학년이 1학년 됐네"

엄마야
하라는 것 왜 이리 많지
아빠
하지 말라는 것 너무 많아요
"엄마, 우리 선생님 못 이겨요?"

교과서 처음 받은 날
너무 기쁜 날
무거운 가방 메고 비틀거리며
"애들아, 우리 술 먹었나 봐"

네모 칸 안으로 넣지 못하는 내 이름자
지우고 또 써 봐도 쏘옥 안 들어가네
받아쓰기 하는 날 눈물만 뚝뚝
"아앙, 책 보고 쓰면 안 돼요?"

온종일 이게 다 뭐하는 거람
안 되겠다
유치원 도로가자
"선생님, 나 학교 끊을래요"

이병구 _ 강산 수목원 대표. 『한국현대시문학』 등단. 죽전시문학회 회원

압곡천 여름휴가 외6편

압곡천 취석마루 곁산에 노래하던 소쩍새
인걸이 떠난 뒤 세월 속에 숨었나
깊은 잠에 빠졌나 부름이 없네

초저녁 잠든 청산
깊은 계곡 시냇물 소리 빈 산 울리고
곤한 세월 쉼없이 냇길 따라 떠났으리라

어스름 산기슭에 물안개 피어나고
밝은 달빛 구름 사이로 쏟아져 내리는
신비로운 야경에 사로잡힌다

한울타리 형제 20명!
달빛 조명 비춰 맞이하는 밤
둘러보아도 장엄하게 겹쳐진 산 속

놈세나 즐거이 흥겹게
소리 높여 노래 부르고 취함에 흔들려
그 잘난 자존심 버리고 가지

압곡천 물살에 깎여나간 동그란 몽돌
옛적에는 모가 난 큰 바위였다네
세파에 찢겨진 상한 마음 쏟아놓고 가세나.

할머니 꿀자장가

손 닿는 작은 다락에 꿀항아리
새끼손가락으로 맛보고
검지손가락으로 찍어 먹는다

들킬세라 흔들어 놓고
꿀 먹은 벙어리 되어 뒹굴다
들에서 돌아오신 할머니께
배 아프다고 거짓 배앓이하며

할머니 무릎베개 베고 눕는다
굳은 살 거친 손으로
내 배를 쓰다듬어 주시며

내 손이 약손이다
할미손이 약손이다
돌도 삭고 뉘도 삭아라
돌도 삭고 뉘도 삭아라

우리 애기 착한 애기
응석잠 재워주시던 할머니
그 할머니 품이 그립다.

송화

뒷산 앞뜰 둘린 곳에
큰 솔 잔 솔 어우러져
오월 송화가 한창 피었네
아름답지도 화려하지도 않은 꽃

향기마저 없기에
벌 나비 그냥 지나치고
피고 지는 모습 나타냄도 없이
솔잎이 감싸 쥔
새순 촉에 매달려 피었구나

시샘바람에 꽃송이 터뜨려
노오란 송화가루 물씬 쏟아내고
어데론가 사라지는 분신
진토의 보탬이련가.

흔적

날끈이 이어준 세월
저며 놓으면 그래도
한 아름은 되겠지 했는데
한 줌도 못되는 초라한 모습
힘겹게 빈 곳을 채우려 했던가

허둥댄 육십 년
빛바랜 삭은 줄 잡고 당기려 하지만
끊어질까 걱정이 앞서네
저 산천 더욱 아름답게 보이고
해마다 노을 입으니

괴롭게 드리웠던 그림자
모두 쓸어담아 털어버리고
삶에 끼친 흔적
조금이라도 챙겨 내 몫 삼아야
허깨비 육신 강가에 이를 때

어데로 갈까 서성이며

길 물어볼 일 없을 것 아니던가
세월아! 이제야 조금은 알 듯하네
다가서고 떠나는 모두가
영영 사라질 뿐이라는 것을…

오월 강변

팔당호 수평선 듬성듬성 솟아난 초록 덤불
부들, 갈대 부둥켜 안고 수초마을 넓혀가며
오월 햇살에 푸른 물결 일렁이며 춤춘다

미끄러지듯 나래 펴 내려앉는 백로 무리
꺽다리로 강물 밟고 휘청이며 서있는데
앞질러 논병아리 알짱대며 탐방구질한다

물억새 포기 사이, 왕골 틈새마다
비집고 자란 초록 들녘 숲속에는
숨어 짝 찾아 둥지 짓는 개개비 노래

길가 파란 잎새 위 흰 눈 소복히 내린 듯
토끼풀 하얀 꽃 피어 가득 메우고
메싹 꽃 연분홍 나팔 들고 오르는 가파른 언덕

붕어 잉어, 창포 부들 붙잡고 흔들며
첨벙대며 마름 수초 위에 산란을 하고
꽃창포 노랗게 피어 있는 오월 강변.

백일홍 꽃밭

엊그제 촉촉이 내린 비
백일홍 꽃밭에 물을 주더니
굵은 줄기 만들어 놓고
꽃봉오리 받쳐준
가는 목을 한 뼘이나 키워 놓았네

빨강, 노랑, 주황 예쁜 얼굴
아침이슬로 곱게 단장하고
옆자리 잔디밭으로 나를 불러
함께 놀자 하네

오므린 조막망울 모두 펴리라
칭얼 칭얼
햇살님 동편으로 고개를 들어
실눈 떠 세상을 살펴보다가

모여드는 나비동무 붕붕친구
활짝 핀 웃음으로
맛난 꿀대롱 한 입씩 나누어 주고
사이 좋게 지내기로 약속한다네.

이른 봄

겨울 소낙비
새벽창 두드리며 쏟아져
도랑물 채워 넘쳐난다

삭풍에 얼어붙은 잔설
티검불까지 설거지하며
응달짝 쌓인 눈까지 헹궈낸다

흥건히 고이는 물
추위를 밀어내려나

아직은 두텁게 쌓여
깊게 드린 겨울
물러갈 날 먼데
슬그머니 열어놓은 2월 초하루

봄맞이 대청소 서두름은
찬바람 걷어내며
남풍을 데려올까

긴 잠 깨 기지개 펴는
이른 봄에 뒤안길.

이영순 _죽전시문학회 회원.

고향길 외3편

오랜 시간이 머물고 있는 곳
생각만 하여도 마음은 어느새
고향으로 달려간다

담장 아래 장미보다 예쁜 봉선화
바람에 날려 사알짝 웃음을 짓고
설레는 마음 발길이 바빠진다

파도에 실려오는 비릿한 내음
보석처럼 반짝이는 모래펄도
아슴아슴 눈앞으로 다가와

새벽녘 서해대교는 추억으로 출렁인다
꼬불꼬불 혈관처럼 뻗어 있는 시골길
눈에 익은 길 따라 달리다 보면

어느새,
어머니 품속처럼 포근한 고향
그곳은 언제나 날 가슴으로 반겨준다

어머니의 계절

계절은 가슴으로 돌아
단풍잎 물든 가을이 왔네

초점 없이 밖을 바라보시는 어머니
얘야, 앞뜰에 꽃이 피었지?

세월의 강 흘러 어느새
여위신 몸에 하얀 눈이 내렸네

사랑으로 키워주신 어머니
긴 세월 행복하셨나요
힘든 일 어찌 견디셨나요

따스한 햇볕으로 온기를 드릴게요
창밖의 아름다운 세상
눈부시게 한껏 비춰 드릴게요

내 마음의 지우개

하얀 종이에 내 마음 비춰본다
백지에 써 내려간 마음은
푸른 파도처럼 흘러 흘러
수평선 넘어 되돌아온다
지우고 싶은 지난 날의 사연들
왜 이리 버려야 할 것도 많은지
또 다른 약속을 해 본다
지우개가 없이도
빛이 될 내일을 생각한다

해바라기 웃음

바람 소리에 숲이 깨어나고
지저귀는 새 소리에
꽃이 피어난다

꽃보다 예쁜 당신의 미소
해바라기 둥근 얼굴에도
행복이 넘치나니

살며시 눈을 감아도 보고
해님 따라 고개를 든다

언제 보아도 방긋방긋
서로에게 따뜻함을 전하는 너
해바라기 웃음짓는 고운 얼굴

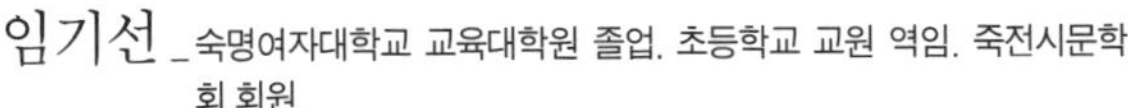
임기선 _ 숙명여자대학교 교육대학원 졸업. 초등학교 교원 역임. 죽전시문학
회 회원.

우리의 존재 가치 외6편

인생의 길
미래를 향해 사는 날까지
새롭게 배우는 열망

과거의 시간 속에서
의미 있고 가치 있는 일
헤아리지 못할 은혜에
고마움을 느낀다

인생의 열정과 기쁨
가져다 주는 너와 나의 존재
얼마나 소중한지 아는가

가치 있는 삶
너는 나를 사랑하고
나는 너를 인정하며

아름답게 사는 세상
행복의 언덕이 거기에 있음이니

나물 캐는 여인

화창한 봄날
봄내음 그윽한 양지바른 곳

모자를 눌러 쓴
나물 캐는 여인네

자연의 숨결 담아내는
쑥 냉이 씀바귀
한 바구니 봄나물 가득하구나

어린 시절
산과 들판을 쏘다니며

진달래꽃 찔레순 따 먹던
옛 생각이 간절한데

따가운 봄햇살 받으며
부지런히 움직이는 나물 캐는 손길

냉이무침 쑥국으로
오늘 저녁 밥상엔
봄향기 가득하겠구려

농부 아내 된 벗에게

오랫동안
만나지 못한 나의 벗
바쁘게 돌아가는 삶 속에
그저 무소식이 희소식이란 말 믿어주게나

씨앗 뿌리는
착한 농부 아내로
풍년을 꿈꾸며
열심히 일하고 있는
너의 모습이 그립다

저 멀리 공기 맑고
산천이 아름다운 곳
희망의 봄소식을 안고
어느곳 어디든 기쁨을 나누고 싶구나

그리운 나의 벗
오늘의 삶에 감사하자
풍요로운 마음 슬기로운 삶

사랑과 헌신으로 지켜가는 네 모습

남은 세월 아름다이
건강 행복 가득했으면

새 소리로 여는 아침

지지배배 지지배배
사람들을 깨우는구나
아파트 앞 숲길을 따라
걷는 상쾌한 아침

태양이 저 멀리서 반겨주네
내리쬐는 햇살을 피하며
그늘 따라 길을 걷네

유치원 담장에 핀 빨간 장미꽃
소나무 가지 넝쿨이 휘감았네
향기롭고 아름다워라

노부부가 즐겁게 배드민턴 치는 모습
벤치에 앉아 쉬고 있는 이들
모두 행복해 보이네

초록으로 물든 신록의 계절이
성큼 다가오는데

먼 옛날 걷던 시골길 생각나네

새 소리 물 소리 바람 소리
홰치는 닭 울음 소리
송아지 엄마 찾는 소리가 머리 속 맴도네

새 소리 들으며 여는 아침

어머니

여든 일곱
어느새 구순을 바라보네
그 곱고 단아한 모습은
어디로 가고

허리가 구부정
지팡이 없이는 마음 놓고
걸을 수도 없으니
세월이 무심도 하구나

어머니와 마주앉아
옛 이야기 나누네

친구들과 즐거웠던
유럽 여행 이야기
울릉도 구경 제주도 바다 해녀 이야기

어머니의 지난 이야기 속에
시간 가는 줄 모르네

살아온 세월
아름다운 추억
좋은 기억들 총명하시네

인생의 황혼녘
오늘도 주어진 선물 행복과 건강
장수하시길 바라는 마음뿐……

오늘도 푸른 하늘

높은 하늘엔
맑고 파란 마음

푸른 숲엔
잔잔한 미소가 보여요

망망한 바다에도
깊은 고뇌와 번민의 흔적
평온함이 일렁입니다

흘러가는 세월 속
아련한 추억
연륜을 말해 주듯 꽃으로 피고

파란 마음과 잔잔한 미소
평온함이 삶을 새롭게
돌아보게 하네요

오늘도

지난 날
사랑하는 이들 생각하며
맑고 푸른 그 모습 그립니다

개나리

겨우내 움츠렸던
앙상한 가지

어느새 양지바른 곳에
활짝 핀 노란 개나리꽃

나무 위에 앉은
새소리 들으며

환한 미소로
설레는 마음 달래어 주네

사월 남풍 이는 곳에
방긋한 그 모습

반가운 개나리꽃
함께 걷는 이 꽃길

한아름 마음 담아
봄길을 달립니다

임한수 _ 충남 연기(세종시) 출생. 고려대(법대) 법무대학원 법학석사학위 취득.
사단법인 한국청소년운동연합 용인시 회장. 용인시 수지구 탁구협회
회장. 경기도의회 의원. 죽전시문학회 회원

선 인   권 학
先人의 勸學 외3편

옥 불 탁　　　불 성 기　　　인 불 학　　　불 지 도
玉不琢이면, 不成器하고, 人不學이면, 不知道니라.

인 지 불 학　　　여 등 천 이 무 술　　　학 이 지 원　　　여 피 상
人之不學은 如登天而無術하고, 學而智遠이면, 如披祥

운 이 도 청 천　　　등 고 산 이 망 사 해
雲而睹靑天하고, 登高山而望四海니라.

박 학 이 독 지　　　절 문 이 근 사　　　인 재 기 중 의
博學而篤志하고, 切問而近思넌, 仁在基中矣니라.

옥을 잘 가다듬지 않으면 좋은 보석을(그릇을) 이룰 수 없다.

사람은 배우지 않으면 도를 알지 못한다.

사람의 배우지 않는 것은 하늘을 올라가는데 방법이 없는 것과 같다.

배워서 지혜가 원대해지면 상서로운 구름을 헤치고서

푸른 하늘을 보는 것과 같고 높은 산에 올라가서

사방의 바다를 바라보는 것과 같다.

박학한 사람은 뜻이 깊고

가까이 생각하면 의문이 없으며

어진 가운데 뜻이 있나니

술을 기다리며

대 주 불 지

待酒不至

옥 호 계 청 사	고 주 래 하 지
玉壺繫靑絲	沽酒來何遲
산 화 향 아 소	정 호 함 배 시
山花向我笑	正好銜杯時
만 작 동 창 하	유 앵 부 재 자
晚酌東窓下	流鶯復在玆
춘 풍 여 취 객	금 일 내 상 의
春風與醉客	今日乃相宜

술병에 청실 매어 갔거늘
왜 이리 술 사오기 더디뇨
산꽃은 날 향해 웃음 짓고
더없이 술 들기 좋을 땔세
느직이 동창 아래 술잔 드니
꾀꼬리 날아 다시 와서 우네
봄바람과 취한 사람
오늘 따라 사이 좋네

오래된 친구

햇살 가득한 날 투명한 유리병에
그 빛살을 가득 담아두었다가
친구마음이 흐린 날 드리려고 하였네.

새로 사귄 친구가 신선할 수 있지만
오래된 친구처럼 슬픔의 눈물을
닦아줄 순 없다네.

꽃은 피어도 소리가 없고
새는 울어도 눈물이 없고
우정은 불타도 연기가 없다네.

장미가 좋아서 꺾었더니 가시가 있고
세상이 좋아서 태어났더니 죽음이 있네.

꽃에 핀 우정은 꽃이 시들면 지고
내 마음에 새긴 우정은 영원하다네.

열려 있는 마음

어느 날 그대 곁으로 다가가
마음 설레게 했지요
이 세상을 다 버리고 얻어도
당신에게의 길은 열려 있습니다
청개구리 우는 소리
사랑의 속삭임
하나 밖에 없는 우산 어찌하오리까
이별, 아픔, 서러움
함께 있으면 이 세상 끝없이 아름답네
목말라 물 적시면
사랑은 나와 함께 합니다
사랑은 슬픔의 열매라지만
고마움, 그리움, 행복은
당신 만남

조용희 _경북 구미 출생. 경북대학교 경상대 졸업. 외환은행 퇴직. 죽전시문학
회 회원

우리 집이 좋다 외5편

나는 우리 집이 좋다
이른 새벽
대지산 떠오르는 일출 맞을 수 있어 좋다

아들 둘, 스스로 둥지 틀고 떠나고
고우신 어머니,
아침 저녁 기도하시는
아내와 함께 먼 길 채비할 집

나는 우리 집이 좋다
저녁이면
저 멀리 광교산 걸리는 붉은 노을
석양일 눈부신 우리 집이 좋다

벚꽃나무 옆에서

나를 누가 이곳에
데려다 놓았는지 모른다
그냥 여기 쭈욱 서 있을 뿐
어디서 왔는지 몰라도
따스하게 날 감싸주는
바람과 햇살이 느껴지면
몸속 몽오리가 오물락거리며
온몸이 부르트기 시작한다

진해 4월 5일, 경주 4월 9일, 서울 4월 12일
온통 지도를 그려 놓고 법석들이다
드디어 잔칫날
보고 만지고 껴안고 찍으며
조금만 더 머물다 가라며 아쉬워한다
이상하다, 왜들 날 그렇게 좋아하는지
아무렇지도 않은데

행여 바람이나 비라도 올 양이면
길바닥에 흩날리거나 짓밟히다가

새벽 물안개 걷히듯 홀연히 떠나고
난, 그렇게 잊혀져 간다
그래도 난 아무렇지도 않다
우두커니, 한 자리에 서 있는 벚꽃나무 행렬

평창강의 아침

창가 어른거리는 희끄무레한 빛
전에 본 그 달빛인가
스마트폰을 들여다본다

4시 22분
그럼 그렇지
한밤 달빛과 새벽 여명은 다르지
건너집 닭울음 소리 새벽을 깨운다
뻐꾸기 뻐꾹 뻐꾹 소쩌귀 소쩍
찌르찌르 찌찌찌
이름 모를 귀여운 놈들이
서로 화답한다

5시 33분이다
까마귀 서넛이 까악까악
전봇대 여기저기 휘젓고 다니면
겁쟁이 작은 새들 더욱 분주해지고
물안개와 함께
평창강의 아침이 눈을 부빈다

키 큰 나무

저 암흑의 무게를 머리에 이고
우주만한 흙덩이 헤집고 나와
빛을 향해, 빛을 향해
촌각도 쉬지 않고
높은 곳으로, 높은 곳으로
무수한 풍상을 견디어
빛을 만나네

더 높은 곳에, 디 민 곳에
무얼 보았는지
오르다 지쳐
어제도, 오늘도
두 손 활짝
하늘을 향해 기도드리네
뭐가 그리도 간절한지

하루살이

참으로 많다
셀 수가 없으니 무수하다 할 밖에
생김, 크기, 날갯짓도 구구각각이다
왜 저렇게도 분주히 날까
오늘 하루만 허락된 시한부 생명이어설까

나보다 훨씬 드세고 활기차다
생을 즐기는 놈들이다
그렇다
놈들 하루는 나의 수백 년보다 긴 것 같다

용케 새나 거미를 피한들
다음날 아침
바닥에 널부러져 티끌로 돌아간다
하룻밤 사이 바삐도
많은 일하고 떠나는 하루살이 모습

탄천을 바라보며

근심스레
올해 첫 장맛비를 맞으며
벌써 탄천에 물이 불었다고
나이 드신 어머니 걱정이시다

흰 스치로폼 덩이며 잡동사니가 흙탕물 따라 흐른다
어떤 놈은 한가운데로 빨리도 실려가고
갈짓자로 출렁이다 풀섶에 갇힌 놈도 있다

어머니 한숨 섞어 중얼거리신다
흙탕인지 맑은 물인지도 모르고 떠내려 와
누구와 함께 왔는지도 까마득하다고

어디로 무얼 하러 가는지
물, 물은 대답도 없이
하염없이 먼 길을 흘러만 가는구나

최영희 _ 죽전시문학회 회원

검은 바람 하얀 목련 외6편

하얀 목련 꽃 진다
꽃잎 길 위에 누웠네
검은 고양이 무심히 밟고 지난다
세월은 나를 밟고
내 손 안 세상은 비명소리를 듣지 못하네
검은 바람이 꽃잎 떨굴 때
목련나무 침묵하고
그 바람 웃음 소리 꽃들은 소름이 돋고
세월은 얼굴을 지워 가지만
바람은 꽃들을 기약한다
바람은 남고
대지 위에 누운 하얀 목련 꽃잎

텔레비전아 어데로 가는가

옛날 옛날 먼 옛날
하늘빛과 지상의 겸손한 빛이 공존할 때
흑백 텔레비전이 태어났다

세상 사람들 놀란다
별들 형제도 시인의 여왕 달도 신비한 빛이라
그 빛을 감탄하지 않네

텔레비전은 세상의 주인
내 가족은 복종의 양식을 구한다
관능의, 끼의 가무가 흐르고

허기든 욕망을 꿈꾸게 하는 드라마
마이다스 손이 빚은 마네킹의 분신
인조 얼굴들

아내와 텔레비전과 나는 사랑의 삼각관계
그 힘은 영원하리
텔레비전아 어디로 가는가

이사

인부들이 편자 달린 발로
내 꿈속을 침범한다
꿈은 짐짝이 되고
그녀의 빛바랜 혼수품
다단계에서 산 모조 컬렉션
'님의 침묵' '파우스트' 몇 권의 시집
밤의 무대였던 침대
철사다리에 매단다
그녀의 한숨이 트럭 위에 차곡차곡 쌓였다
손 없는 날 진눈깨비 쏟아져 눈 녹듯 녹는다
내 꿈들이 젖는다

고향 칼국수

밀반죽 접고 콩가루 덧칠한다
칼질 내는 소리마다
날개 없는 나비들이 태어난다
국수를 빚는 그 손은 가난한 자의 수고하는 손
어머님 그리울 때 찾는
오래된 칼국수집
나는 혼자 소주를 마신다
주름강가 웬 사람들이 그리 모였소
국수 아줌마 고무장갑을 벗으며
동네 늙다리 총각
성난 물에 그만……
비를 맞은 채 두 사내가 들어왔다
검은색 낡은 구두짝 손에 쥔 채
빌어먹을! 장맛비 그만 그쳐라
한 사내가 탄식한다
나는 혼자 소주를 마시며 탄식에 취한다

아리랑 서커스

누더기 천막으로 하늘 가렸다
북치고 트럼펫 불고 쿵쿵 따따
딴따라 따라
돼지오줌통 차고 놀던 아이들
신명나게 읍내 한 바퀴 돌았네
촌사람들 어둠 헤치고 모여든다
꽝! 난장이 징 울리니
아장아장 무대가 열렸네
말탄 묘기
간당간당 외줄타기
장대 위에 매달린 누이 곡예사
외발자전거 물구나무 씽 씽
숨 막힌 공중제비 쌍그네타기
꽝! 새 뚝이 난장이 징 울리네
무대를 닫네

그 해 겨울 연탄불

연탄불 타는 그 까닭은
난로 위로 밥솥이 끓고 미역국이 끓는다
맹물이 부글부글
연통 위에 젖은 옷들이 마르네
살찐 삽살개 단잠을 빗장 걸고
난로가 낡은 기침 소리
시든 이야기 옹기종기 기억을 깨운다
그대 연탄불 삶을 살아보았나
살아봤나
쌀쌀맞게 내리던 싸락눈이 그치네

빨강꽃

손바닥만한 수첩에 빨간 도장 꽃
한칸 한칸 도장꽃 피지 못해 계약위반
편물공장 누이 월급 헐어
일수수첩 갈피 속에
우울한 지폐 몇 장 끼워넣는다
수첩 손에 받아 쥔 아버지
일수아줌마 시무룩한 얼굴
입 속에 빨강 혀 쯧! 쯧! 차는 소리
열일곱 살 심장 북이 되어 쿵쿵 울리네
엎질러진 가난에 소태맛 늘고
빨간 꽃 필 때 아버님 그리움
무르익는다

표석화 _39년 6개월을 교육공무원으로 정년 퇴임. 죽전시문학회 회원. 2013
년 제7회 용인봄꽃축제 시경진대회 우수상.

카네이션 미장원 외6편

어느 날 오남매 교육을 위해
엄마가 미장원을 열었다네

사랑방을 부수고⋯⋯
새장과 새들은 다 어디로 보냈는지

파마 접는 기술과
구리프 마는 기술이 뛰어난 엄마

컷트와 드라이는 언니
기술자가 맡았지

그리고 오남매를 길렀다.
내가 교대를 졸업할 때까지

엄마가 주인이던 사랑채
카네이션 미장원

나이 들어 글쓰기

아침 저녁 출퇴근하며
지나다니던 죽전 도서관
정년퇴임 뒤에야 혼자서
도서관을 찾았네요

매일같이 신문을 읽고
잡지도 보고 커피도 마시며
소설책 뒤적이는 재미에
푹 빠져 좋아했는데

친구 손선희가 세미나실에서
시 공부를 하고 있었네요

시는 어떻게 쓸까 호기심에
새로운 공부를 하게 됐지요

육십이 넘어 시작한 글쓰기
남편의 배려도 고맙지만
매주 쓰는 시 한편 신기하네요
힘들어도 잘했다 웃음이 나요

밤 11시

수원대에서 심리 공부를 하고
집으로 돌아오는 길

몸은 파김치가 되고
입에서는 마른 단내가
바작 바작 나는데

경찰이 앞을 막고
음주 운전 체크를 하네
"후"
술이라도 마셨으면 하는 밤이다

별안간 안개가 앞을 가려
길도 차도 앞도 뒤도
아무것도 안 보이네
안개 속에 나 혼자 있네

계속 앞으로 가야 하나
서 있어야 하나

뒤로 갈 수는 없는 거지……

이사하기

불광동 문간방에서 시작한 신혼살림
구파발 가서 큰 놈 낳고 살았다

집 주인이 안채를 비워주던
잊지 못할 산동네

작은 놈을 얻은 용인 터미널 앞
13평 연탄 아궁이가 보일러로
베란다도 넓은 19평 아파트로 바뀌고
5층 계단도 단숨에 오르내렸다네

말은 제주로 사람은 서울이라던가
두 아이 공부를 위해 또 다시 서울로
8학군 반포에다 이삿짐을 부렸지

이태가 멀다 하고 다니던 이사
생각하니 그때가 그립네

이제 수지 맞는 용인 풍덕천, 죽전에

둥지 내리고 두 손주 보는 재미에
이사할 맘 다 잊고 다리 펴고 산다네

도화동집 추억

초등학교 시절
사랑방에는 새장이 가득
새장 속에는 새가 가득
둥우리에는 알이 가득

십자매 알이 너무 많아
냄비에 삶아먹기도

새장 청소하는 날
십자매 두세 마리는
새장 밖으로 날아가고

십자매
잉꼬
문조
카나리아
앵무새

아버지는 사랑으로 감싸며

물을 갈아주고
배춧잎 모이도 갈아주고
모래 바닥을 씻어주고

새내기 교사의 추억

스무 살 새내기 교사
월요일부터 토요일까지
장마루촌에서 지냈다

북쪽에서 보내는
확성기소리에 잠을 깨고

토요일 오후1시
운동장에는 빗자루, 쓰레받이가
나동그라져
운동장에는 아무도 없다.

30분마다 오는 문산행 버스를 타려고
교문밖 정류장으로 뛰어간다.
마을 아이들도 덩달아 뛴다.

월요일 아침에 예외없이
교감 선생님의 호통소리……

일주일이 시작됐네
장마루촌에서의 생활
리비교 건너는 비무장지대
어느새 4학년 인철이가 오십이 넘었는데

용인 5일장

용인 5일장이 돌아오면
집으로 돌아가는 길
활기를 찾는다.

감자 양파 사서
검정 비닐에 담아 시외버스를 탄다

덤으로 준 감자 한 개가 비닐 밖으로
나와 앞으로 갔다 뒤로 갔다

용인의 인심이 버스에서
굴러 다닌다.

데굴데굴 데굴데굴
반포에는 없는 용인 감자

용인 양파, 용인 계란
용인 호빵, 용인 당근
용인 토마토, 용인 고구마

반포에는 없는 용인 인심이
버스에 실려 간다

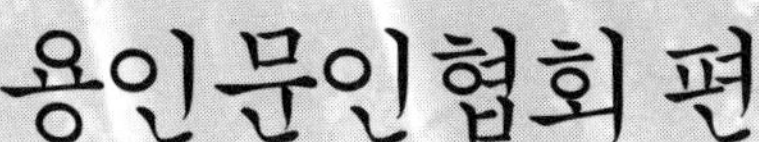

용인문인협회 편

시
함동수·이원복·정영자·이정희
김안나·김옥남·류미월·이희숙
조갑조

수필
허영수·이미숙·이윤경

함동수 _ 1957년 8월 2일생. 강원도 홍천 출생. 용인시 거주. 사)한국문인협회 용인문인협회 지부장. 경기문인협회, 용인예술총연합회 이사. 사)한국문인협회 회원. 수상 경기문학상, 경기예술대상 수상. 한신대학교 문예창작대학원 졸업, 총동문회 회장. 저서 시집 《하루 사는 법》 외. 문학 활동 용인지역과 경기지역 일원에서 시민백일장을 비롯해 문학 강연 창작지원금, 문학지 발간 등 문학사업을 벌이고 있으며, 국내 유수의 문학지 및 신문에 작품기고와 시론 등을 기고하고 있고, 각 문학 단체 등과의 학술교류에 나서고 있음.

백령도 외1편

더 나갈 수 없는 최북단 끝
뭍 떠나 서쪽으로
물방울처럼 튀어 외로운 땅
백령도

적지(敵地)에 바짝 다가앉아
넘지도 남지도 않는 절제의 아슬한 선으로 점점이 이어져
마침표처럼 떠있는
먼 바다 학섬에 간다

항을 떠나 뱃머리를 북으로
화약내 나는 북쪽으로 마음 단단히 부여잡고
서부전선 고지처럼 떠있는 섬들에게
진정 안부를 묻노니

서해의 섬들이여! 안녕하신가
뭍은 그대의 존재만으로도 위안이 된다네
폭풍우에 휩쓸리지 말고 파도에도 흔들리지 말고
부디, 그대들의 있는 그대로 잘 있게나

뭍에서 멀다고 공해가 아니고
항 떠나 멀리 있다고 타지가 아닌 것처럼
그대 있는 학섬까지 가는 길이 전선이고
GP가 아닌가

그리고, 자랑스런 우리 젊은이들이
피땀 흘리며 충직한 조국애로 사정거리의
그대들을 안전보장하고 있나니
너무 염려 말게나

북녘 땅보다 먼 끝섬이여!
뭍 떠나 외로운 사람들이여

훗날, 이런저런 아픈 상처 잊지 말고
이야기로 두루 전해 주시게

구옥을 헐다

60년 묵은 구옥을 헐기 전에, 고맙다고 절을 했다

막걸리를 한 잔 부어 놓고는
한 남자의 생이 시작되고 형제 아이들이 자라나고
이산의 집안이 만고풍상을 겪어온, 그 자리를 든든하게
지켜주고
지켜보며 감내했던 구옥에게 무조건 절을 했다

굴삭기 집게를 들이대자 아무 저항도 없이
과자 부서지듯 바삭거리는 오래된 집
그 속에서 어린애 하나가 울고 웃고, 떠나간 마음들이 둥
둥
먼지와 함께 펄 날아갔다

한때, 시기와 질투로 점철된 천감의 땅에서
이산으로 월남한 한 남자가 새끼들 감싸안고 보따리를 풀
었을 때
사방에서 이리떼같이 으르렁거리던 이웃들의 눈빛을 잊
지 못한다

무적의 기계 앞에서 이것도, 저것도
맥없이 굴복하는 옛것들이 넘어지고 부러져 이제
안채만 남았다
부서지려고 기다리는 안채에서 노랫소리도 울음소리도
한꺼번에 실려 나온다
그 옛적 우리의 처지처럼 처절하다

기억을 지우고 새것으로 다시 나려면 집을 헐어야 한다
악몽을 씻고 새 길을 가려면 혁명을 해야 한다
하늘거리는 아버지의 잔여의 시간이 평온하길 기원하면서
바삭거리는 서까래를 집어 던진다

한 자리에서 먹고 자던 구습은 악습이다
사람은 먹는 곳과 싸는 곳이 달라야 하고
씻는 곳과 자는 곳이 달라야 한다
사람처럼 사는 법이 그렇다

하루라도 피난민 같은 생활에서 벗어나고자
시간을 밀고 당기며 집을 짓는다고
다리가 휘청한다

피난짐 같은 짐보따리를 새집으로 들어가기 전에

팥죽을 쒀서 먼저 들여보낸다
지난번처럼 잘 지켜주기를 기원하는 마음에서
요강단지처럼 슬쩍 들이민다

번쩍이는 마루와 밥상을 보고
어머니의 얼굴에 미소가 슬쩍 지나간다
이제, 피난민은 끝났다

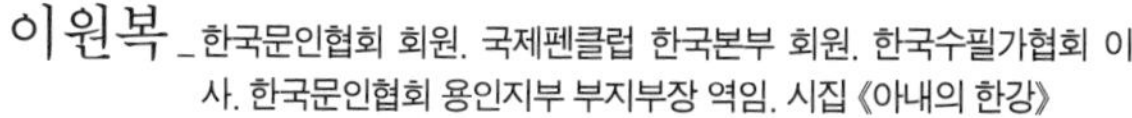

이원복 _ 한국문인협회 회원. 국제펜클럽 한국본부 회원. 한국수필가협회 이사. 한국문인협회 용인지부 부지부장 역임. 시집 《아내의 한강》

빛 그리고 유(you) 외1편

어떤 박애주의자(博愛主義者)로
선한 싸움에
얼굴이 검은 대통령이 이긴다

자애(慈愛) 두터우신 어머니의 빛으로
사방(四方), 팔방(八方)
온 우주(宇宙)는 평화(平和)로운데,
아픈 잎새는 다시 푸르고
슬픈 풀잎은 노래로 일어선다.

박애주의자(博愛主義者)다우신
선(善)한 빛은
나 가까이에서
나를 잊지 못하시네.

감춘 피 울음은

법(法), 법(法), 법(法),
법정(法頂)스님은 가시고.
김(金). 김(金). 김(金).
김수환 추기경(樞機卿)님도 가시고.

천안함(天安艦) 폭침(爆枕)의
젊은 내 마흔 여섯 영령(英靈)은
내 곁을 영영(永永) 떠나고.

나는
어느 대통령(大統領)이라고는
말하지 않아도

그 대통령이
뒷 모습을 보일 때까지
앞 가슴에는 검은 상장(喪章)을
내려 놓지 못해

한국(韓國)이 눈물을

흘리지 않을 수 없었어요

가신 어른은 어른대로
간 젊은이는 젊은이대로.

햇살 받아 울지 말라.
달빛 받아 울지 말라.

정영자 _ 『순수문학』 등단. 용인여성문학 회장. 용인문인협회 부지부장. 한국문인협회 회원.

못 박는 아이 외1편

꼬치어묵 막대기처럼 가늘다 3층집 사내아이 발목
닳아서 저토록 휘청거린다

산다는 것이 가벼울 리 없지
다섯 살 아이라고 비껴갈 리 있겠는가
낮 동안 구부러지지 않는 견고한 것들이 있었나 보다
깊은 밤 거실에서 못 박는 소리 요란하다
뒷꿈치로 못대가리 쳐댄다
3층을 뚫고 2층으로 쏟아졌지만 회수해 간 적 없다

오늘밤도 가벼워지기 위해
거실이라는 관 속으로 드나 보다 마룻바닥 훑는 소리
밤이 깊어지면 자기 관에 못 박는 소리 쾅, 쾅

노인이 키운 벌레

벌레 울음 와자한
소나무 숲으로 들어간 전기톱이
곤충 채집하듯 고목을 토막 내고
수액은 벌레 알집 감추느라 허둥댄다.

몇십 년 서 있기만 했던 나무들
운명을 바꾸고 남은 생 끝낼 때까지
네 다리로 쉴 수 있는 의자와 한 몸 될 때
부화한 벌레들 쐐기로 박아 주었다

뼈 약해진 의자에 앉아
바람에 흔들리던 소나무처럼
노인이 흔들리자 숲속 벌레처럼
등받이 의자가 삐걱삐걱 운다
벌레 키우는 일은 노인이거나 고목이거나

이정희 _ 『순수문학』 등단. 용인여성문학 회원. 용인문협 회원. 용인문협 사무국장.

춤추는 봇짐 외1편

까치발 닿는 곳에 내려앉은 회색 구름
멈춰진 발걸음
질주하는 트럭
날이 선 모시 적삼
휴식을 취한다

부서지는 빗방울
교차로를 질주하지만
발목잡는 신호등

팔랑이는 잠방이 자락
서리앉은 비녀머리 위 까만 봇짐
종종걸음에
춤을 춘다

벚꽃삼매

웃음처럼 터지는
꽃잎은
가지 끝에 머무르지 못하고
눈이 되어 내린다

홍역처럼 익어가는
여름은
가지마다 점으로 박힌
새들의 메아리로 드리운다

시간에 기대어 붉어진 잎사귀
늙은 아버지
손등으로 머무른다

김안나 _본명 김영애. 충남 서산 출생. 『한국문인』 시 부문으로 등단. 사)한국문인협회 문인저작권 옹호위원. 계간 『문파문학』 총무. 사)한국문인협회 용인지부 회원. 창시문학회 사무국장 역임. 시계문학회 회원. 저서 시집 《물비늘이 유리창에 박힌다》《그대 입술로 피어난 꽃》《듣고 있나요》 등. 전자우편 kya1021@hanmail.net

반쪽 외1편

나 가난하여 줄 것이라곤 사랑 하나뿐인데
그것마저 시간이 갉아먹어 반쪽이 되고 말았습니다.
반쪽의 심장에선 그리움이
온종일 끓고 있어도 어쩌지 못합니다
차라리 이 반쪽마저 없었다면
아무것도 모른 채 사그라질 수도 있었을 텐데
이것도 인연이라 잡히고 말았습니다
온전하게 주지 못한 내 아픔도
안타까워 동동이는 그 마음도
하나 될 수 없는 반쪽
나머지 반쪽은 이 생의 것이 아닌가 봅니다

꽃이 사라진 자리

혀가 덮쳤다
연노란 잎에 썩은 비린내 축축하게 배였다
수치의 뼈들 뚫고 나온 시퍼런 두려움 오돌대도
이죽대는 입안으로 삼켜 버린 양심
가는 목줄기에 흡혈의 촉수 번뜩이며
잘린 이성에 묻혀진 혀의 원죄

할퀴어진 자리마다
꽃은 꿈을 꾼다
사람들의 온기 사이로 스며드는 그러다,
놓친 가녀린 꽃향

허공이 가볍다

처절한 비가 내린다
신문 귀퉁이 몇 줄이 떠내려 간다
천연덕스럽게 지워진 자리

혀가
덮친다

김옥남 _경북 안동 출생. 『문파문학』 시 부분 신인상 당선 등단. 한국문인협회 회원, 한국문인협회 용인지부 회원, 문파문학회 감사, 시계문학회 부회장, 사무국장. 공저 《가을햇살 폭포처럼 쏟아지는데》 《2012 문파 시선 52》 외 다수.

··· 해 볼 일이다 외1편

비 오는 날엔
온몸으로 비를 맞아 볼 일이다
잃어버린 추억의 퍼즐 조각
하나, 둘 찾아 맞춰 볼 일이다

비 내리는 날
하얀 운동화 젖을까 가슴에 품고 맨발로 걷던
단발머리 소녀시절로 돌아가 볼 일이다

면사포를 쓴 것 같은 강둑의 벚꽃
그 길을 걸으며 마알간 웃음 찾아 볼 일이다
너와 나 우리―
다시 꽃비 맞으며 걸어 볼 일이다

가뭄에 몸살하는 논바닥처럼
점점 더 갈라지는 텅 빈 가슴

황토 흙으로 객토를 해 볼 일이다

화려한 노을을 꿈꾸는 길목
잃어버린 도깨비 방망이 찾아
금 나와라 뚝딱―
힘차게 내려쳐 볼 일이다

약속

철을 녹여내는 용광로 같은 폭염에도
벗어 버리지 못한 옷
혹한에 벌거숭이 되어
뼈마디 마디 다 보여주고 있다
고요 속에 내리는 함박눈
하얀 목화 꽃솜 되어
냉기로 얼어버린 몸 포근히 감싸 준다
모세혈관까지 공급되는 진액
깊은 곳에서 숨죽이며 꿈틀대는 생명줄
다시 꽃을 피우기 위해
긴 호흡 멈추지 않는다
비워야 다시 채워지는 자연의 순리
변하지 않는 약속 기억하며
저 깊은 곳 물길 찾는 뿌리
기다림을 머금고 있는 가지들―

얼었던 강물 녹아 내 입술 적실 때
꿈을 매달고 있는 널
또 다시 만나야겠다

류미월 _ 경기 포천 출생. 단국대학교 대학원졸업, 문학석사. 『창작수필』 신인
상 등단, 한국문인협회 회원. 한국문예창작학회 회원, 단국문인회 회
원, 열린시조학회 회원. 「중앙일보」 시조백일장 차상. 해남전국시조
공모전 우수상. 공저로 수필집 《봄날 꿈 속에》, 《나는 행복하다》, 동
인시집 《가을 햇살 폭포처럼 쏟아지는데》 등 다수.

그 섬에 가면 외1편

칼바람 잠재우려
피운 불꽃인가

떨어진 꽃 잎, 꽃 잎
절규하다 토해 놓은
처절한 핏덩이

한겨울 알몸으로
활짝 핀 검붉은 미소
동백 아가씨!

그 뉘의 속내길래
나그네
가슴마저 물들이는가?

그늘

한낮, 눈동자에게 양산이 돼 주는 속눈썹
댓돌 그림자에 반쯤 가린 고무신
태양을 떠받고 가는 양산 속 오아시스

한여름 매미에게 꿀잠 주는 느티나무
바람도 신발 벗고 쉬어가는 그늘

흰 그늘이 데려오는 밝음과 어둠 사이
희망과 절망 사이 쉬어가는 그늘

품새가 넉넉한 그 사람의 그늘

반 뼘과 두 뼘 사이 모자람과 넘침 사이
한 뼘의 소중한 그늘

산그늘 드리운 강물자락이 발묵(潑墨)으로 번져가는 시간

어둠을 등에 업은 그늘이
강렬한 빛 속으로 빠르게, 안단테로 달리고 있다.

이희숙 _ 밀양 아랑문화제, 삼일문화제, 열린문학상, 용인 시민백일장 등을 수상, 『자유문예』로 등단. 저서 : 《詩가 있는 세계기행》, 《여자여 너를 대접하라》, 《꽃은 참 아팠겠다》. 공저 : 《꾼쟁이 1, 2, 3》 등. 구성의 노래(작사 이희숙, 작곡 신귀복 구성동에서 CD 제작 배포). 허수아비 산장, 무밥 : 작사 이희숙, 작곡 김성곤. 시 낭송가로 9.28수복 행사, 자유연맹 행사, 법무부 범죄예방행사, 조선일보 재능나눔, 라이온스 회원과 함께하는 시낭송, 다양한 문화행사 시낭송 등.

중랑천의 억새밭 외1편

억새밭 삼각지 섬
두루미, 황새, 청둥오리
새끼 자맥질에 홀렸던
텃새는 길 잘들인 둥지를 내준다

억새 잎에 젖은 파리한 달빛도
한 이불 되어주는
한 떼기 갈잎 섬에
붕어허리 간질음 먹이던
개구쟁이 송사리, 피라미도 곤한 잠이다

잠 못 드는 억새는
날개 하나, 하나 벗어
바람에게 무동 태워 보내고
발가 벗기운 알몸으로
바람의 길을 허락한다

개망초

키만 삐죽 올라와 멀대같다 밀쳐내고
봄나물만 캐는데, 전라도 아지매
나물해 먹는다며 개망초 순을 딴다

덩달아 여린 잎 따 데쳐
막장으로 묻혔더니
쌉싸레한 맛 입맛을 돋우었다

여름 뙤약볕에 훠이 훠이
자라난 키꺽다리
하얀 꽃타래로 혼자 피어 즐겁더니

휑한 겨울 탄천에
두루마기 입으신 아버지 같아
꿈인가 생시인가 달려갔더니
개망초 눈물이더라

한 아름 가져와 우린 물로 답답증 털어내고
확 확 너에게 안기고 싶다

조갑조 _ 『문예운동』 등단. 문예운동 공동발행인. 부산대 졸업. 한국문인협회.
서울시단. 청하문학이사. 용인문협 회원. 茶강사. 시집 《달개비 보랏
빛도 그리웠다》 외 공저 다수.

풍경소리 외1편

깊이 가라앉은
적막한 울림
돌이끼처럼 푸르다

시작도 끝도 없이
그리움 놓아버린
처마끝 바람쇠
대숲 소리로 운다

청산도에서

뭍으로 떠난 배는 좀처럼 오지 않았다

김씨네 가족들은 식당에서
고씨네 가족들은 보건소에서

모두들 목을 늘여 창밖 바라본다

파도는
질펀한 삶을 토해내며
외딴섬 미래를 차곡차곡 쟁여가고
보리밭 메운 하얀 눈밭엔
어지러운 발자국

청산도에서는
인연의 실타래가

서편제(西便制) 바람으로 불어온다

*서편제 : 판소리 창법의 한 유파로 음색이 곱고 애절하며 주로 섬진강 서쪽 지
방에서 많이 불려져 서편제라고 함.

허영수 _소설가. 용인문협 회원. 한국문협 60년사 편집 위원. 경기문협 소설
분과 회장 역임. 산문집 《단골 술집》, 소설집 《종만 치던 스님》 상재.
농민문학 작가상, 경기도문학상, 아시아 황금사자 문학상 등 수상.

일본의 양심

오사카(大阪)에서 근무하고 있을 때, 오사카 하고로모(羽衣) 학원 고등학교에서 공문을 들고 교두가 내 사무실을 찾아왔다. 일본인들의 예법인 작은 과자 상자를 들고…….

2차 대전 종전 후 50년이 되는 금년, 본교에서는 전쟁을 경험하지 못한 전후 세대인 고등학교 2·3학년 학생들에게 전쟁의 참상을 알리고 평화의 중요성을 알리기 위해 '패널 디스커션(Panel discussion)'을 기획하고 있습니다. 이 디스커션에 허 원장님을 모시기로 본교에서 결정하여 이렇게 찾아뵙게 되었습니다.-

나는 내심 우리나라 주권을 빼앗고, 갖은 악정을 펴 온 과거의 일본의 죄상을 말하고 그 결과 패전한 것은 당연한 결과가 아니겠느냐? 라고 말할 좋은 기회가 왔구나 하고 내심 기쁘게 생각하고 있었다. 그런데 의외로 교두(교감)가 다시 입을 열었다.

"과대망상에 빠진 일본 군벌들의 침략으로 양민 학살, 노동력 착취를 위한 강제연행, 종군 위안부 등 만행을 자행했습니다. 뿐만 아니라 귀 국민의 인권과 인간성을 송두리째 뽑아버렸습니다. 이러한 사실을 학생들에게 알려 일본이 다시는 그런 과오를 범하지 않도록 하는 것도 지금 일본이 해야 할 중요한 교육 과제라고

저희 학교에서는 생각하고 있습니다. 허 원장님께 도움을 청합니다"라고 진지하게 말하는 교감의 모습에서 교육자의 참 모습을 본 것 같았다. 나는 그 자리에서 디스커션에 참석하겠다고 바로 약속하였다. 하고로모 학원은 초·중·고·대학까지 한 캠퍼스 안에 있는 거대하고 전통 있는 학교라는 것은 전부터 알고 있었다. 그러나 기독교에서 운영하는 사학재단이란 것과 학교 교육방침과 목표, 현황 등은 오늘 교감이 갖고 온 학교 현황 책자를 보고 처음 알았다.

그 일주일 후 재단 사무국에서 사람이 왔다. 디스커션의 일정과 좌석 배정, 참가자 명단과 각자의 주제, 참가 학생 수 등 상세한 내용이 담긴 공문과 또 작은 과자 선물을 들고 나타났다. 일본 사람들은 강사를 초빙할 때는 적어도 3회 이상 꼭 사람이 직접 찾아 온다. 첫 번째는 초대하겠다는 뜻을 전하고 허락을 받을 목적으로, 두 번째는 수락해 주서서 감사하다는 뜻과 인쇄물 전달로, 첫 번째 방문자보다 조금 더 상급자 온다. 세 번째는 그 기관의 최고 책임자가 수락해 준 것에 대한 감사로 방문한다. 올 때마다 우리 돈으로 1만 원 내지 2만 원 정도의 과자나 차를 선물로 들고 온다.

약속한 6월 28일, 학교에서 보내 준 차로 토론회 장소인 하고로모 학원 고등학교로 갔다. 현관에 도착하니 학교장과 교두가 마중 나와 있었다. 교장실에 들렀다가 강당으로 갔다. 고등학교 2, 3년 학생과 교직원이 강당을 꽉 메우고, 단상에는 3개의 의자가 놓여 있었다. 가운데 의자에는 내가 앉았고, 오른쪽에는 일본군으로 징병되어 중국 전선에 출정했었다는 81세인 혼다(本多) 할아버지가 앉았다. 연세에 비하여 무척 정정하셨고, 눈빛은 옛 사무라이처럼 예리하게 빛났다. 왼쪽에는 이 학교 국어선생인 죠오슈우(井手昻子) 씨가 여성시민의 입장에서 '군국(軍國)소녀'가 어떻게 형성

되었는가를 이야기하기 위해 참가하였다. 토론자는 모두 3명이었다. 강당에는 교복을 단정하게 차려 입은 2,400개의 여고생들의 눈동자가 밤하늘의 은하수처럼 빛났다.

이날 만났던 혼다 할아버지는 나와는 물론 초면이었고, 그 후에도 만날 기회는 없었다. 단 한 번의 만남이었지만, 내 머릿속에 깊이 박혀 세월이 흐를수록 더욱 또렷하게 되살아나는 인물이다.

나는 일본제국이 주로 한국에서 저지른 죄상을 실례로 들어가며 매도하는 내용의 이야기를 했다. 감수성이 예민한 여고 1·2학년이라 간간히 신음소리가 들리고, 쥐 죽은 듯이 조용할 때도 있었다. 내 이야기가 끝나고, 혼다 할아버지의 차례가 되었다. 그는 처음에는 매우 차분한 목소리로 담담하게 이야기하기 시작했다.

그는 중국 전선에서 스파이라는 명분으로 중국 청년들을 체포하여 강가에 일렬로 세워 놓고 총살을 시키는 데 가담했다고 한다. 강가에 세워 놓고 총살하면 시체는 자연히 강으로 떨어져 물에 떠내려간다고 했다. 그때 중국 청년 한 명이 고개를 돌려 자기를 쳐다보는 눈, 원망하는 듯, 비웃는 듯한 그 청년의 눈빛은 평생을 두고 잊지 못하고, 그 눈빛으로 평생을 괴로움 속에서 살고 있다고 했다. 그 중국 청년의 모습은 꿈속에서도 수시로 나타난다고 했다. 밤잠을 설치며 지새운 적도 헤아릴 수 없다고 했다. 스스로를 살인자 중에서도 가장 비열한 살인자, 도전해 오지도 않았고, 저항도, 반항도 하지 못하는 무력한 인간을, 중국인이란 이유 하나로 살해한 잔인무도한 살인자라고 했다. 이것이 중국 전선에서의 일본 군인들이 한 죄상이라고 했다.

이때부터 혼다 할아버지의 목소리는 분노에 사무쳐 있었다. 그 분노는 일본인과 군국주의 일본에 쏟아 놓은 분노였다. 어쩌면 자기 자신에 대한 분노인지도 모른다.

"총을 쏘지 않는 일본 군인들을 처단하기 위해 우리 뒤에는 소대장이 권총을 겨누고 지키고 있었습니다. 그러나 이 만행의 책임자는 소대장이 아니고, 더 높은 명령자인 최고 책임자입니다"라고도 했다. 최고 책임자는 천황이라고 규정지었다. 지금까지 일본사람의 입으로 천황책임론을 펴는 사람은 이 혼다 할아버지 이외는 보지도 듣지도 못했다.

"내 총에 사살된 그 청년으로 인해 하루도 죄의식에서 벗어나지 못하고, 살아 온 나는 누가 보상해야 합니까?"라고 격앙된 어조로 묻는다.

"일본제국이란 권세로 짓밟힌 민족이 얼마며? 무고한 피가 강물을 이룬 적도 허다했습니다. 참회하는 마음으로, 슬퍼하는 마음으로, 양심에 부끄럽지 않은 옳은 민족의 길을 지금부터라도 걸어봅시다."

이 말을 할 때 그 분의 눈에는 눈물이 고였다. 80대 노인의 그 열렬한 기백과 민족애, 침통한 모습과 떨리는 목소리에서 나는 성자의 모습을 보는 것 같은 착시 현상이 일어났다. 그리고는 혼다 할아버지는 그 많은 학생들이 보는 앞에서 내 앞으로 성큼성큼 걸어와서는 무릎을 꿇어 깊이 고개 숙이면서 사과했다.

"귀국을 침략한 일본이 얼마나 많은 죄를 지었으며, 민족적인 모독을 수없이 자행했습니다. 수많은 범죄를 저질렀습니다. 그런 일본을, 그런 일본인을 이렇게 용서해 주시니 무어라고 말할 수가 없습니다."

혼다 할아버지의 입에서 나오는 한 마디 한 마디가 내 마음에 깊은 자국을 남겼다. 말 못할 감동이 밀물처럼 내 가슴을 채웠다. 여기 일본의 양심이 있다. 이 양심은 일본이 지녀야 할 가장 높은 단계의 덕성이 아닌가? 남을 이해하지 못하는 사람은 자기를 사랑할 줄도 모른다. 이 혼다 할아버지야말로 진실로 일본을 올바르게 사랑하는 사람이라고 믿고 싶다.

강대국 일본, 한때는 도쿄(東京)를 팔면 미국을 살 수 있다고 부(富)를 자랑했다. 전후 폐허가 된 일본이 지금은 세계를 지탱하는 세 개의 기둥 중의 하나라고 했다. 이것이 사실이라면 혼다 할아버지 같은 일본인이 있었기 때문이라고 나는 믿고 싶다.

일본의 자위대가 국군으로 명칭이 바뀌고 중무장한 일본 군대가 이라크로 파병되었다고 한다. 일본 중의원(衆議院)에서 이 법안이 통과되었다고 한다. 지금 일본 정치가들 중에는 자기들의 범죄를 정당화하기 위해 궤변을 늘어놓고 있다. 불쌍한 혼다 할아버지를 더는 생산해서는 안 될 것인데…….

나는 43년간을 오직 교직에만 몸담았던 사람이다. 그 동안 6·25 사변을 경험하지 못한 제자들에게 동족상잔의 아픔과 평화의 중요성을 얼마나 가르쳤느냐? 부끄럽기만 하다. 수업을 중단하면서까지 평화를 위해, 지난 전쟁의 무모함과 잘못을 반성하고 뉘우치기 위해 자기 니라의 잘못을 가르치는 하고로모(羽衣) 학원 고등학교에 고개를 숙였다.

어제는 한국전쟁 60주년이었다. 그 때 참전했던 많은 해외용사들이 한국으로 왔다. 이들 중 많은 참전 용사들은 잿더미에서 일어선 한국의 경제적 발전에 놀라움을 나타냈다. 반면 또 다른 많은 참전 용사들은 이구동성으로 "한국 젊은이들은 전쟁을 모르며 산다. 이들에게 평화를 위해 치른 희생을 가르쳐야 한다" 고도 했다.

前事不忘 後事之師
중국의 격언으로, 과거를 잊지 않는 것이 미래의 교훈이 된다.

이미숙 _ 한국문인협회 회원. 용인문인협회 회원. 용인문인협회 지부장 역임. 용인여성문학 회장 역임, 용인예총 부회장. 『순수문학』 등단. 저서 수필집 《햇살 바르던 날》 《이장님 이장님 우리 이장님》 외 다수.

치부책의 행방 외1편

금방이라도 달려와 덥석 뺏어 버릴 것 같은 손때 묻은 수첩이 눈앞에 아른거린다. 잠시도 금고 속에서 탈출해 본 적이 없는 이 물건은 오랜 세월과 함께 늙어버려 짙은 흙냄새만 풍기고 있다. 한때 주인과 함께했던 날들을 되짚어 본다.

그 속에는 남들이 모르는 많은 것들이 스멀스멀 움직이고 있다. 권력이 있고 힘이 있고 사람들은 수첩을 들썩일 때마다 옴짝달싹 못하는 두려움 같은 무엇이 있었다. 외출할 때는 목숨 같은 돈들이 쏟아져 내렸다. 그것이 있는 한 사람들은 절절 매며 그 앞에선 아부 중상모략 탐욕으로 가득차고 그것을 쥐고 있는 주인은 작은 왕국, 힘 있는 사람으로 보였다.

백성들은 굽실거려야 했던 허리는 문풍지 휘날리는 겨울에는 배고프고 추웠을 것이다. 그가 마지막으로 돌아가는 길을 잃어버려 수년 동안 병원에서 현실과 멀어진 날들을 보내고 있을 때도 늘 같이하던 수첩과 당신이 최고라던 기억을 간직한 채 그렇게 잡을 수 없는 날들이 흘러가고 있다. 봄 오는 아침을 바라보며 순한 나무들의 새순들도 거역할 수 없는 세월 속에 묻혀 그는 그렇게 떠났다.

금고에 넣어둔 치부책의 행방이 궁금해질 무렵 고물상으로 팔려나가기 직전 그가 남긴 유언이 생각나 금고 속을 뒤지기 시작했다. 단 한 번도 누구에게 자비를 베푼 적이 없는 한 치의 오차도 없이 써내려 간 기록들이 새로 태어난 애벌레처럼 툭툭 튀어나오기 시작이다. 순이네 초가지붕하던 날 빌려간 돈, 장리쌀 먹은 영철이네 모내기할 때 주던 일꾼들 품값, 옆집 새댁 애기 낳으러 갈 때 빌려간 돈 등등 한 장 한 장 넘길 때마다 그들의 애환과 없는 설움이 어디까지인지 한눈에 보이는 것 같다.

같은 설움 가진 자만이 길고 긴 겨울 속에서 기다리는 봄을 알 것이다. 어릴 적 나의 봄날도 그다지 좋은 기억은 없는 것 같다. 긴 긴 날 먹어도 채워지지 않는 배고픔은 동생들과 들판을 쏘다니며 찔레순 보리싹 잔디 뿌리를 캐며 허기를 채웠던 기억과 일 나갔던 어머니의 지친 모습이 아직도 엊그제 일처럼 생생하다.

많은 사람들의 설움으로 만들어진 수첩은 그가 마지막으로 남긴 의무요 유언이었다. 한 장 한 장 넘기며 나 아닌 다른 사람들의 삶을 엿보게 된다. 빌려간 돈을 놀려받을 수 있는 것은 아무것도 없다. 현실적이지 못하거니와 그때 남았던 것들을 차마 돌려 달라고 할 수가 없기 때문이다. 시대적 차이가 생기며 구멍이 생겼다. 자기 몸의 일부처럼 느꼈던 숫자들이 모두 커다란 구멍 속으로 쓸어 내려가고 있다.

낡은 장부를 들고 나선다면 객기이며 탐욕이다. 더 이상 건너서는 안 되는 강이기도 하다.

마늘 심어놓은 밭둑으로 나왔다. 겨울 내내 묶었던 낙엽을 모아 그동안 힘들었던 봄날을 태우기 시작했다. 하늘 위로 수많은 사람들의 얼굴들이 사라져 간다. 그 위로 마지막 남은 겨울이 뒷걸음치고 있다.

혼자 밥 먹기

　그렇게 잘 넘어가던 밥이 어느 날 목구멍에 탁 걸려 넘어가질 않는다. 밥상머리에 시끌벅적하던 가족들이다. 어디로 갔는지 커다란 식탁 위에 앉아 숟가락을 든다. 창밖에는 흰 눈이 펑펑 쏟아지는데 임금님 수랏상 못지않은 자리를 펴 놓고 무슨 청승인지 모를 일이다.

　무엇이 그리도 바쁜지 가족들은 모두 다 돌아오는 길을 잃어 버렸고 꼬리만 흔들어대는 짱아만 옆에 앉아 친구가 되어주고 있다. 혼자 밥 먹기! 홀가분하고 편안하고 행복할 줄 알았다. 그런데 단 몇 분도 지나지 않아 후회를 하고 있으니 갱년기 여자의 변덕이라 할 수 있겠다.

　아무리 먹음직스런 음식이 있어도 맛이 없다. 잔소리 하는 사람 없고 어려운 사람도 없으니 이보다 더 좋을 순 없다고 생각했다. 그래서 시부모님 때문에 눈치만 보아야 했던 나를 위해 차리고 싶었던 밥상을 정성껏 차렸다. 시래기나물, 호박나물, 된장찌개 등등 평소 내가 좋아하는 음식들만 골라서 멋지게 차려 보았다. 나 자신에게 충분히 칭찬해 주고 잘 살아 왔노라고 상을 주기 위함이다. 살면서 언제 한 번 나를 위한 훌륭한 밥상을 받아 본 적이 있었는지 생각해 보니 서글픈 마음이다.

　삼십 년을 넘게 대가족이 함께 살았다. 하루의 일상이 시작되면 적어도 몇 번을 부엌을 들락거리며 손에 묻은 물기가 마를 날이 없었다. 그렇게 많은 날을 누굴 위해 밥상을 차렸건만 진정 나를 위해선 한 번도 그런 일을 해 보지 않았다는 것이 새삼 억울하기

까지 하다.

　아침을 흔드는 시끌벅적하던 목소리들은 바쁜 농부들의 일상이 시작되고 아이들 학교 보내고 일꾼들 들에 나가고 시부모님들마저 나가 버린 뒤 앉아보는 밥상머리에는 외로움이라든가 허전함은 생각조차 할 수 없는 허기짐에 커다란 양푼을 앞에 놓고 식구들이 먹다 남은 반찬들을 쓸어넣고 쓱쓱 비벼먹으면 꿀맛 같은 달콤함이 저며오며 잠깐 머물다 사라지는 그림자처럼 까맣게 자신의 존재를 잊고 살았다.

　그때처럼 혼자서 밥상머리에 앉았다. 그토록 달디단 밥맛은 어디로 가고 외로움과 싸우고 있는지……. 사랑하는 사람들이 같이 있을 때는 열정이 넘쳐 서로가 진정 사랑하고 있다는 것을 놓치고 있다가 그 열정이 식어 갈 때면 사소한 일에도 목숨을 걸며 그때는 이랬는데 하며 후회를 하듯 시끌벅적했던 시절을 그리워하게 만든다. 먹을 것이 흔하게 된 지금은 맛보다는 사람이 그리워지는 그런 밥 먹기가 하고 싶다.

이윤경 _ 경북 안동 출생. 등단지 『순수문학』(1995). 한국문인협회 회원. 서울 강남문학회 회원. 학여울문학회 회원. 수필집 《그릇 깨는 여자》《까마중》. GS건설 잡지 가가자이 리포터 역임. 현 한국도로공사 영업소 근무

일단 튀어!

　시장 초입 경안천을 끼고 핫도그를 파던 그가 보이지 않는다. 하루도 빠짐없이 오전 10시면 손수레를 끌고 와서 전을 펴는 그였다. 불은 거의 남편이 피워주고 양쪽을 관할했다. 그리고 개점시간은 거의 정확했다.

　잠시 망설이다가 꿩 대신 닭이라고 했던가. 맛있기로 소문난 이곳을 뒤로하고 시장 안 포장마차를 찾기로 했다. 그곳에도 휑하니 자리가 비었다. 이상하네, 핫도그 점도 휴일이 따로 있나 보다. 의아한 마음으로 돌아선다. 지나가던 이가 노점단속 때문에 안 하는 거 같다며 며칠 째 안 보인다고 했다. 경찰도 단속은커녕 차를 세워놓고 사먹고는 동료들을 주려는지 봉지로 사서 가는 모습을 나는 여러 차례 보았다.

　내가 그 곳에서 핫도그를 처음 사먹은 것은 6년 전, 눈발 휘날리던 날이었다. 그는 리어카 옆에 쪼그리고 앉아 군둥네 나는 시큼한 김치 하나로 찬밥을 먹고 있었다. 예순 중반의 얼핏 보면 깍쟁이 같고 몸치장도 없이 단아한 모습이었다. 기어들어가야 할 천막에 챙을 달고 좌판 위에는 설탕통과 케첩, 휴지가 걸려 있었다. 많이 기다렸는데 하며 하나를 더 주던 기억으로 단골이 되었다. 주변 사람들의 입소문으로 항상 그 곳은 비킬 공간이 없을 만큼 복잡했다. 그랬던 가게가 갑자기 폐업을 하고 말았다. 주위 사람들은 지난 연말부터 다들 장사 잘 되던 그 집이 왜 그만 두었을까, 그리고 나머지 한 곳도 같이 문을 닫은 이유가 뭘까, 나 역시 궁금했다.

그로부터 며칠이 지난 뒤, '기다리지 마라 대박이 나서 이제는 오지 않을 것이다' 전봇대에 이런 대자보가 하나 붙었다. 수많은 사람들을 깜짝 놀라게 했다. 그 맞은편 과일가게 아저씨가 자꾸 물어봐서 귀찮아서 붙였단다. 그는 운 좋게 복권이 당첨되었다고 했다. '와! 복권 당첨' 정말 좋겠다. 어디서 왔는지 비둘기들도 궁금한지 곁에 와서 듣는다.

복권이 당첨되는 확률이 천억 분의 일이니 벼락 맞을 확률보다 낮다느니 하며 사람들은 모두 그를 부러워했다. 몇 십억인지 액수에 주목하고 나 역시 호기심이 생겼다. 고생 끝에 아름다운 장밋빛 인생이 펼쳐진다느니 많은 말들 가운데 한 아낙네가 말했다. 그거 뭐 그리 좋을 것도 없다더라 하고 끼어들었다. 한 마디씩 던지는 반응이 가지각색이었다. 방송에서 그러는데 불행한 사람들이 더 많다고 하더라며 시답잖은 듯 어깃장을 놓는 이도 있었다.

'복권 당첨' 남편이 무엇보다 즐겨 쓰던 말이었다. 남편은 가능성이 있는 것은 지나치기 힘들다며 평소에 복권을 꾸준히 샀다. 그러고는 꿈을 꾸듯 생활에 활력을 얻는 듯했다. 복권만 되면 때려치운다고 하며 사서 모아둔 복권이 도배를 해도 될 만큼이다.

복권 당첨이 되었다는 그들은 어디로 갔는지 아무도 모른다. 사연을 듣고 나니 괜히 기분이 좋다. 하루도 빠지지 않고 고달픈 삶을 살아 왔는데 이제 그들은 힘든 삶의 막을 내리고 동백꽃같이 화려하게 노후를 보낼 수 있겠구나. 목 좋은 곳에 그 많은 단골을 두고 소리 없이 떠났다.

소문에 의하면 핫도그 점 두 곳의 연대감은 독특했다. 내용은 이랬다. 주인이 아들을 못 낳아 작은 부인을 두어서 아내가 둘이라고 했다. 아침마다 남편이 불을 피워 좌판을 차려 놓으면 두 아내는 각자 자리로 가서 날마다 장사를 해 왔다. 재료를 제조하는 건 남편이 맡았고 돈 관리 역시 남편의 몫이었다. 어느 곳이든 재료가 먼저 떨어지면 남편이 배달하여 거의 같은 시간에 문을 닫는다. 그러나 맛의 차이는 달랐다. 고소함이 기름의 온도 조절이라며 고객들은 맛을 가늠하기 시작했다. 그 두 부인이 각자 맡은 자리에서 10여 년 동안 핫도그 장사를 해 왔고 핫도그는 시장골목 선비만두와 명물로 자리매김하고 대학생들 간에도 엄청나게 사랑을 받고 있었다.

주변 소문에 의하면 주위에서 기증을 하라고 보채기도 하고 도와달라고 귀찮게 하는 이도 있어 일단 튀었다는 말과 복권 당첨이 아니라는 등 아무튼 무성한 설만 남기고 그들은 떠났다. 그 이후, 가끔씩 핫도그가 먹고 싶다는 부질없는 생각도 든다. 빈 자리를 발견하고 허한 마음을 달래기도 한다. 두 곳 모두 쥐도 새도 모르게 자취를 감춘 지 서너 달, 텅 빈 자리에서 어느새 개망초가 싹을 내민다. 그 속에 그의 모습이 아른거린다. 나도 복권 사서 대박이 나봤으면…….

아직 그 자리는 온통 핫도그 냄새가 솔솔 풍겨 나오고 핫도그 맛으로 널려 있다.

편집후기

시작이 반이라고 했습니다.

처음 시 공부 시작할 때 어디서 어떻게 하는 것인지 두려움이 앞섰습니다.

차츰 세월이 지나고 좋은 시를 읽고 시낭송 감상도 하면서 시란 이런 거구나 나도 시인이 될 수 있어, 야무진 꿈을 안고 열심히 창작 활동을 하는 회원님, 과제에 대한 스트레스 받지 않고 꼬박 꼬박 챙겨 오는 열정 그에 못지않게 일일이 지도해 주신 김태호 선생님, 회원들의 시도 날로 발전하는 모습이 눈에 보였습니다.

죽전시문학회 2년차에 동인지를 발간하게 되어 가슴 벅차 오름은 물론 좀더 좋은 작품을 쓰기 위해 몇 번이고 퇴고를 하고 고민하는 회원, 이순의 나이에도 불구하고 시상을 떠올리며 창작 활동을 하는 회원과 아이들 학교 보내고 틈틈이 시를 써온 젊은 여성 회원이 있기에 오늘의 동인지 1집이 탄생하게 되었습니다.

원고를 보내고도 마음에 들지 않는다고 다시 보내준 회원, 사진도 썩 내키지 않는다고 예쁜 모습으로 다시 찍어 보내주신 회원님. 모두가 또 다른 세상을 향하여 가는 길목에서 뒤돌아보게 합니다.

더 많은 작품을 실어야 하는데 지면 관계상 그러지 못한 점 아쉬움이 많습니다. 협력단체인 용인문협 시인님들의 글이 있기에 더욱 빛나는 동인지가 되었다고 생각하며 문협 회원님 여러분께 정말 감사드립니다. 제2집 발간은 1집 때 아쉬운 점이나 미흡한 부분을 보완하여 더욱 알차고 수준 높은 동인지가 되도록 할 것입니다.

회원님들 수고에 박수를 보냅니다. 《참대밭 시마당》 만세!

2013년 7월 25일

편집자 대표 **표 석 화**

참대밭 시마당

지은이 / 류재덕 외
발행인 / 김재엽
펴낸곳 / **한누리미디어**
디자인 / 지선숙

121-840, 서울시 마포구 잔다리로 35(서교동 395-13) 서원빌딩 2층
전화 / (02)379-4514, 379-4519
Fax / (02)379-4516
E-mail/hannury2003@hanmail.net

신고번호 / 제300-2006-61호
등록일 / 1993. 11. 4

초판발행일 / 2013년 7월 25일

ⓒ 2013 Printed in KOREA

값 12,000원

※잘못된 책은 바꿔드립니다.
※이 책은 한국문화예술진흥회와 경기도, 경기문화재단, 용인시,
용인문화재단의 문예진흥기금을 보조 받아 발간되었습니다.

ISBN 978-89-7969-455-0 03810